U0141871

▼法蘭莎
▼艾露緹
「我開動啦～」
◀克露米亞

在暖爐桌裡暖呼呼
埃爾▷
呼嚕～
薰△

「您覺得如何呢……」

侍奉女僕優米爾
「主人……喵。」

「能夠從道具之神
有所因緣的聖杯裡，『卡恰波』
Gachaapo

感謝神明
得到灌注『卡恰波』祝福的道具！」
「果然是轉蛋啊……」
Gachapon

目錄
呢！

自由人生 2

異世界萬事通奮鬥記

気がつけば毛玉

插畫：かにビーム

Kadokawa Fantastic Novels

序章

安然度過魔物的繁殖期，格蘭菲利亞的居民得以安心歇口氣。

秋意漸濃，即將展開收穫祭的這個花都，城市內的氣氛逐漸熱烈起來。

「來了～讓您久等了！」

大眾食堂的看板娘，今天也充滿精神地送上餐點。

燉雞與烤魚還有煸炒蘑菇。她孜孜不息送上秋季特有的菜單料理。

「汪汪～！」

孤兒院的狗狗，今天也活力充沛地開心玩耍。

她與愛犬和家族，以及朋友們一同在秋季天空之下四處奔跑。

「我要變得更強！」

「前往學園迷宮的更下層吧。」

「進行實驗吧。我有東西想嘗試。」

冒險者、大貴族，以及精靈種族的研究員。

她們立下各自的目標，在秋天裡精力充沛地展開行動。

用餐、勤勉學業、運動、閱讀。適合從事任何活動，無論何事都令人心曠神怡的秋天。

在這名為秋的季節裡，某個經營萬事通的青年……

「呼齁——呼齁——」

正在自家床鋪上發出鼾息。

「呵呵呵，唔唔。」

一臉幸福，一臉滿足，青年將臉埋進枕頭裡。

總之，秋天也是睡眠之秋。氣溫適宜，是相當適合睡覺的季節。

不過，時間已來到早上九點。要怠惰地貪睡，這時間似乎已經有點遲了——

「…………」

見到此狀的女僕，從懷裡拿出相當堅硬、表面粗糙嶙峋的物品。

那天，貴大也和平常一樣被叫醒了。

被強硬趕下床後，他慢吞吞地走下樓梯來到一樓客廳。

然後，用死魚般的眼神喝了一口咖啡。

他大大嘆一口氣，把臉面向待命在身旁的優米爾。

「星期一早上，妳至少對我好點嘛。」

貴大這麼說道，露出憤恨不平的眼神。

然而，即使被投以這種目光，嬌小女僕的表情仍然絲毫未動。

「……不行。星期一是很重要的。」

她用令人憐愛的聲音冷淡說道。

不過，如此互動也是習以為常。無論是星期一還是星期五，她總是會粗暴地把貴大挖起床，毫不留情地逼他去工作。

這樣的她，在下班或假日時也相當勤快，然而——

今天一整天才剛開始，這一星期也才剛開始。

「唉唉。」

現實未免也太無情了，貴大感到沮喪。

他磨磨蹭蹭地吃完早餐的麵包，憂鬱地看向窗外。

接著，彷彿是遮蔽他的視野般，優米爾凜然從座位上站起來。

「……主人，請看這裡。」

「嗯啊？什麼？」

「……這星期的工作有這麼多。」

客廳的牆壁上掛著軟木製布告欄。

通常布告欄會隨著委託數量貼上便利貼紙條，如今上頭一整面都貼滿了紙條——

「給我等等——！不對，這太奇怪了吧！為什麼會這麼多啊！」

「……真令人開心。這就代表『自由人生』受到大家的信賴。」

「騙人的吧……！」

「……這一星期，也一起努力工作吧。」

焦躁的貴大，以及面無表情卻看似心滿意足的優米爾。

再這樣下去，這一星期也只會被塞滿工作而告終。

明明是秋天！難得已經是秋天了啊！

「好吧，不然這樣好了。我一天只處理一件委託吧。然後……優米爾小姐？」

「……什麼事？」

「為什麼您在射飛鏢呢？」

「……我在進行事先演練。」

咻，咯！

咻，咯！

飛鏢以規律的節奏刺向備好的軟木布告欄，而且還像是恰巧瞄準臉部要害般準確突刺進

去。貴大因此心膽發寒。

「哎呀~我、我最喜歡工作了啦！哈哈哈！」

「……那真是太好了。」

事到如今還問「是什麼的事先演練？」未免也太不識相了。她絕對會把飛鏢射過來當作回答。貴大用完早餐後離開座位，接下優米爾提交出的一大綑委託書。

「……最近天氣變涼了，請不要忘記帶件外套。」

「我知道啦。」

他拿起掛在吊衣架上的夾克，披到長袖襯衫上。

夾克前面的釦子就不扣了，將側背包揹在肩上，伸手握住起居室的門把。

「……路上小心，主人。」

身後響起平淡的聲音。

感覺很疲憊、慢吞吞行走的店主。

儘管季節即將來到冬天，萬事通「自由人生」的早晨依舊像這般，一如往常地開始了。

第一章 萬事通的日常篇

—1—

她感到飢渴。

空腹狀態令她簡直快要發瘋了。

好想吃。

溫熱的肉類、柔軟的臟腑，好想盡情貪婪覓食。

幾乎令人發狂的飢餓，她只能啃咬著自己的手臂，日日等待解放。

美麗的翅膀究竟是從何時開始失去透明感呢？

烏黑潤澤的髮膚究竟是何時開始黯淡無光呢？

無意義的時間一味流逝。即使如此，她仍持續等待。

等待空腹得以填滿，王國再度興築之日。

等待總有一天能從這裡獲得解放，隨心所欲飛翔舞動之日。

於是，自遭受封印起數十年後，這個機會終於來臨。

「咕唔唔唔……！」

她明白，她知道結界正在衰退消失。

就快了。宴會就快開始了。

這次絕對不會失敗。她會在有人來礙事以前，將一切吞噬殆盡。

接著增加優秀的士兵隊伍，使王國繁榮，無遠弗屆的繁榮。

她的眼眸裡寄宿著幽暗的火焰，身體頻頻發顫。

看來結界已經開始崩壞了。發出啪啪的聲音，她理解封印自己的箱子已經開始出現裂痕。宛如與之同調般，她的體內盈滿力量，複眼裡開始點燃赤色的光芒。

終於要來了。裂縫持續延展，她將手貼向箱子的一角。

而後，要向可恨的人類們告知她的復活——

她揚出的高聲叫吼，終於打破了結界！

「嘎呀啊啊啊啊啊～～～～～～～～～！」

「啊？喂，這白蟻還真大啊。」

噗咻咻咻咻咻咻～～～～～～～～～！

「嘎呀呀啊啊啊～～～～～～～～～！」

從封印中獲得解放的「深淵皇后蟻」，迎接她的是形成白色煙霧的殺蟲劑洗禮。蟻后大大張開的嘴巴將殺蟲劑煙霧全吸了進去，打滾折騰起來。接著她被施以更慘烈的追擊。

「嗯嗯？仔細一看，這不是深淵皇后蟻的蟻后嗎？為什麼會在這種地方啊……！」

將女王視為螻蟻的青年面色鐵青，加強噴霧器的輸出。

白煙籠罩瀰漫。消滅白蟻的殺蟲劑飛撲而來。

雖說是昆蟲形體，這種魔蟻可是力量強大的特殊魔物。

殺蟲劑頂多只能牽制。蟻后立刻重整氣勢，朝無禮的青年飛撲過去！

「嘎呀啊啊啊啊啊啊～～～～～～～～～！」

「嗚哇，好噁心！【狙擊鋒刃】！」

噗滋。

「啊啊啊啊啊～～～～～～……」

來自青年——佐山貴大渾身解數的一刀。

承受此攻擊的蟻后，悲哀地被貫穿腦門，當場斃命。

……………

不，她也不算弱小。

她可是擁有與深淵蟻之女王相稱的等級。

等級一百五十級的數值，甚至匹敵那個「憤怒的惡鬼」——

「啊～真的好噁心。就算很大隻，但蟲子就是蟲子啊。」

話是這麼說，但拾起刀子的青年，等級是兩百五十級。

對手太強了。再怎麼樣，對手強到太離譜了。

「所以我才討厭打掃空屋啊。」

貴大一面喃喃自語，將殺蟲劑噴灑到剩下的空房。

對蟻后不屑一顧的青年順勢抬起頭來。

「還有這麼多間啊。」

走廊兩側綿延著好幾道房門。

他見狀，無力地垂下肩膀。

—2—

萬事通這種職業，顧名思義，就是什麼委託案都接。

只要能辦到，什麼工作都會做，再接受相應的酬勞。

街坊內是萬事通，出了街道後就是冒險者，基本上會以這種界線作為區隔——

不過，有時也因狀況而異。若說會出現萬事通在迷宮內與魔物搏鬥，則也會有冒險者在街道內替人跑腿。

因此，這天貴大也離開城鎮，勤勞地摘取藥草，只是——

「啊——！腰好痛——！」

才三十分鐘就叫苦連天。

他就這樣向後仰躺，側過腰部，皺緊臉龐。

不過，以他而言算是撐很久了。他明明最不擅長這類單調又費力的工作。

倒不如該說，這三十分鐘他可是努力堅持住了。

現今還癱在地上的貴大仍無起身的意思，發出「唔～唔～」的低沉聲音。

「怎麼啦，真狼狽啊。才剛開始沒多久喔。」

「就算妳這麼說，我也……」

「好了，能繼續吧？接下來要採取『槲寄生樹的樹葉』。」

「這次是到樹上嗎～」

貴大面露嫌棄。

看著起身卻保持盤腿坐、沒打算站起來繼續工作的他，委託人這麼說道：

「沒辦法。那我就特地替你調配恢復體力的藥吧。沒什麼，對身為『高階鍊金術師』的我再簡單不過了。先將剛剛你採取的『多頓加草』搭配『葛羅力亞斯的蜜汁』，接著再加入幾滴『蛇的毒液』，很有趣的，劇毒的效果就會反轉——」

「很好，我們繼續工作吧。」

黑髮精靈面帶溫柔表情，開始調配起劇毒藥品。

為了逃離被稱為圖書館魔女的埃爾，貴大趕緊邁出步伐。

「真是夠了，大掃除以後竟然是這種工作。」

「你看起來還真忙碌啊。」

「都多虧你們啊。」

貴大苦澀地說道，埃爾聽聽就當作耳邊風了。

兩人神態輕鬆地互相對談，朝山丘上方前進。

他們身後是格蘭菲利亞的街道與規模巨大的港灣。貴大在可以一覽景色的位置停下，再次將目光投向埃爾。

「所以？妳有找到要找的東西嗎？」

「不，沒有找到。但我想應該不是假情報才對。」

「夢幻的藥草是嗎……」

貴大之所以來到此地——「漣漪之丘」，是為了埃爾的委託。

埃爾聽見了某個傳聞。那就是有人在格蘭菲利亞近郊的這座山丘上，發現了名為「菲亞莉茲」的藥草。

可不能把藥草交給其他人，於是埃爾委託熟識的貴大，讓他以護衛兼助手的身分陪她來這裡——

「應該是早就被採個一乾二淨了吧？」

「漣漪之丘」從王都那裡步行路程不到一小時，是近處中的近處。

儘管與街道有些距離，但這個日照充沛、吹拂著舒爽涼風的山丘，是以絕佳的遠足地點廣為人知。魔物也不常出現，就算出現了也盡是低等的小嘍囉，繼續往深處走，甚至還有露營地。

這種任何人都可以輕鬆造訪的場所，怎麼可能會有夢幻的藥草。

就算有，也早就被人給採走了才對。

貴大是這麼認為的，但是——

「不，那可不一定喔。『菲亞莉茲』是所謂的稀有素材。等級低的人應該找不到，等級高的人，如果是『戰士』或『劍士』那類的職業，應該也不會發現才是。」

「啊～原來是這個意思啊。」

「你可是擁有神之書籍《藝術維基》的男人啊。只要活用斥侯職種的技能，別說是一兩種稀有素材了，三種四種都能輕鬆入手吧？」

「不不不，別說那種強人所難的話啊！」

確實以「盜賊」為首的斥侯職種，能學會【掉落率提昇】、【稀有素材得手率提昇】這類的技能。比起其他職業更能快速收集道具和素材，也能在迷宮內找到隱藏寶箱。

不過那也是「寶藏獵人」那類高級職種才有辦法運用。

貴大選擇的職業是專精暗殺能力的「制裁者」。姑且算是有學會上述那兩種技能，但和專門職種相比，也只能帶來微乎其微的技能效果。

「『鍊金術師』系的職業也很擅長收集素材吧？」

「哎呀～我一心一意只有實驗。學到的幾乎都是能用在實驗上的魔法。」

「我和妳的情況也差不多啊。」

兩人你一言我一語，再度在山丘上前進。

「還真難找耶。」

途中若是看見了藥草就摘取，貴大和埃爾繼續向前進。

他們四處張望，尋找「菲亞莉茲」的蹤影。然而——

（稀有素材那種東西，最好是找得到啦。）

貴大絲毫沒打算認真尋找。

（稀有素材就是很稀有所以才叫稀有素材啊。）

可不是稍微外出尋找就能找到的東西。

知情此事的貴大，打從一開始就放棄本次的委託了。

（反正也收集到普通的素材了，沒關係吧。）

「漣漪之丘」迎面接受北方而來的海風，生長著有點特殊的藥草。

尤其是目前秋末的季節，可以發現許多長出種子的植物。

（就用這些來扯開話題，找個適當的時機收工吧。）

剛摘取的藥草與藥草種子。

貴大將這些研究員怎麼看都很喜歡的東西採入籠內，向埃爾投以笑容。

「好啦，那我們差不多就回去──」

他裝作若無其事的模樣，正打算趕緊回去時……

「……唔！」

看見了。他不小心看見了。

山丘斜面上生長著「應該是那個」的東西──

他不小心找到了。

「怎麼啦？」

「沒、沒事。話說回來啊……」

「嗯？」

「『菲亞莉茲』是什麼樣的藥草啊？」

「是一種葉片很大的多年生植物。因為其形狀，也被稱為妖精的沙發。」

「是、是喔——妖精，妳說妖精啊。真的存在嗎？」

「當然存在。你家的優米爾不就是妖精種嗎？那是人類與妖精的後代，穩定延續後，這類種族就被稱為妖精種。」

「這樣喔～」

貴大發出不感興趣的回應，把視線別開「那個」。

不能被察覺。不能被發現。

幸好，那東西尚未映照到埃爾的眼裡。她還沒有察覺。

這樣就行了。就這樣安然無恙地走下山丘。無論如何都不能摘取。

要說為什麼，那是因為——

那藥草很明顯有著劇毒般的顏色！

「你剛剛看了那裡對吧？」

「咿！」

被逮到了。

轉身掉頭的貴大，從背後被人用兩手捉住了頭部。

他就這樣硬生生被迫轉向，埃爾從他的肩膀後方突然探出頭來。

「嗯，就是那裡。你剛剛看著那個方向。」

「沒、沒有啦。」

「哎呀～有呢～我也看得見。我看見了。」

「嗚啊啊。」

「真是感謝你。這樣就得到『菲亞莉茲』了。」

留下顫巍巍發抖的貴大，埃爾迅速爬上山丘。

她細瘦的手指摘取彩虹色的藥草——湊近藥草，大大吸了一口氣。

「嗯嗯～香氣和文獻上記載的一樣。甘甜，並且有點苦的氣味。」

「啊哇哇……！」

「你知道嗎？聽說只要把這個煎成藥再喝下去，就能看見妖精。」

「咿咿咿……！」

「機會難得，我就生吃嚐嚐味道吧。」

「住、住手啊——！」

光是嗅氣味的當下雙眼就呈現動搖，埃爾的眼神開始恍惚。

為了不讓她舔舐藥草，貴大費盡全力阻止。

—3—

收穫祭——那可是秋末的一大盛事。

在此期間，王都比起平時聚集了更大量的人潮。

不僅限國內，也有許多遊山玩水的國外遊客前來拜訪，街坊呈現水洩不通熙熙攘攘的光景。

貴大在街道角落發愣地看著這景觀，低喃碎念起來。

「昨天還真是嚐了苦頭。」

在山丘上遭遇的場景，光是回想起來就滿是忌諱。

埃爾恢復正常，也燒燬處分了名為「菲亞莉茲」的藥草，但是——

「哎呀，真是幫了大忙。要是沒有你，真不敢想像會發生什麼事。」

「…………」

「下次也拜託貴大你好了。」

「絕對不要！」

貴大已經下定決心，絕對、再也不要接受埃爾的工作委託了。

「第一到第五魔導隊，【爆風・噴射】一齊發射！」

「「「【爆風・噴射】！」」」

「…………嗯？」

本以為是擴聲魔法發出的聲響，接下來則聽見了放射魔法的聲音。

看來是從漂浮在港灣的船隻上，魔導隊正朝向天空施放火焰魔法。

廣範圍炸裂魔法【爆風・噴射】。

描繪出拋物線，勾勒出色彩絢麗的煙幕尾巴，西瓜大小的光球在天空漫舞。

光求受到重力影響，噴射上升的氣勢消退——接著一齊爆發。

「「「喔喔喔喔喔～～～～～！」」」

震撼秋祭天空的轟隆聲與閃光。

王都的每個人都為此爆炸火焰發出感嘆之聲，然而……

「啊～又來這種令人懷念的東西。」

只有貴大以不同的心情觀看這項魔法技能。

「那東西以前很流行啊。」

【爆風・噴射】的優秀之處，不只是威力，同時也有效果範圍之廣。

在戶外使用的話就能引發大規模爆炸，室內使用的話火焰則會沿著通路將一切吞噬。

因魔法的範圍之廣，在貴大曾遊玩過的「Another World Online」中，【爆風・噴射】也是項高人氣技能。不過，比起在戰鬥上使用，他們會對身穿耐熱裝備的同伴施展這個招式。

「幹掉了嗎？」

「什麼……竟然毫髮無傷……？」

進行諸如此類的家家酒遊戲——

無論如何，都是令人懷念的魔法。

好一陣子，貴大臉帶微笑盯著天空瞧。

「這個回復藥多少錢？」

他發呆時，正面迎來了某個聲音。

看來是客人，貴大慌張地露出笑容。

「啊～好的好的。回復藥是吧。一瓶八枚銅幣。」

「還真便宜。」

「對吧？很划算喔。」

在廣場角落擺放個木箱，兩人隔著箱子進行對話。

他們周圍也有許多類似的組合。

各式各樣的露天攤販，以及造訪聚集的男女老少。

這裡正是所謂的跳蚤市場。

在祭典期間更是擴大規模，成為國內首屈一指的大市場。

這裡也是貴大今天的工作地點，用來賺點小小零用錢的場所。

「歡迎再次光臨～♪」

貴大揮揮手，目送青年而去。

賣掉了三瓶回復藥以及一把小刀。

買氣挺順的。照這步調，備好的商品說不定能全部售完。

（這樣一來也能把倉庫清理乾淨了。）

貴大想起「自由人生」事務所裡頭的小房間。

稱不上寬廣，彷彿置物間般的倉庫。裡頭保管著委託案的物品酬勞、委託過程中得到的素材以及道具。

整理過程中，他順便將一些雜物拿到跳蚤市場販售。

倉庫的空間有限，貴大持有的系統清單裡頭的道具欄位同樣有限。

若不定期清理的話馬上就會堆滿物品，令他頭疼。

（話說回來，果然很棒啊。）

像這樣擺出露天攤販，悠閒地等待客人上門。

令他意外感到開心。

慢慢地賣掉商品，恰到好處的空閒，單就旁觀角度欣賞祭典的鼓譟氣氛也很有趣。

說不定，這種工作模式很適合自己。

在騰出來的空間擺放新商品，貴大如此心想著——

「喂，這個可以讓我看看嗎？」

「當然，請看！」

這段期間，下一個客人也來了。

貴大神色親切，用爽朗的聲音迎客。

「我可以碰商品嗎？」

「當然可以！請儘管拿……咦……？」

……

（咦咦？）

好像在哪裡見過這張臉——

（呃，糟了！）

貴大眼前，是那個擊倒惡鬼的英雄——艾露緹。

燃燒般的赤色頭髮、牛奶巧克力般的褐色肌膚。

以及嬌小卻鍛鍊精實的身體，還有那對寄宿堅定意志的雙眼！

不會錯的，是艾露緹。那個艾露緹就站在這裡！

理解到此事的瞬間，貴大趕緊按壓下帽簷。

「怎麼了嗎？」

「沒、沒什麼——什麼事都沒有。」

「嗯嗯？是嗎？」

貴大拉起圍在脖子上的圍巾，拉高聲音回答。

艾露緹雖用著可疑的目光看著他——

不過看來是沒察覺到他的真實身分。她立即移開視線，熱切研究起握在手裡的小刀。

（呼～別讓我那麼緊張啊……真是的。）

貴大在心中拭去冷汗。

在其他場合或其他時間就算了，只有現在很危險。

他不想在這裡遇見熟人，也不想被其他人看見臉。

要問為什麼，那是因為他在這個跳蚤市場裡——

販售著稍微稀有的商品。

平常在市場販賣就會被詢問出處的有些珍貴的道具與裝備，只要趁著祭典的熱鬧喧囂就能避免售後糾紛——他打著這樣的如意算盤。

就像是昨天的「菲亞莉茲」，貴大有時候會意外發現稀有素材和稀有道具。那些光是帶在身上就會被人用「哦？那傢伙帶著挺不錯的東西嘛」目光盯上的物品，他會儲藏到倉庫或道具欄。

為了處分那些物品，以及讓荷包溫暖點，他才會來到這裡。

因此他也變裝了，換上和平時不同的衣服。

偽裝很完美才對，至少目前為止沒有被任何人察覺。

（沒問題。嗯，沒問題。）

即使如此貴大還是有點擔心，他抬高視線窺伺著艾露緹的動靜。

「唔～」

（很好，她沒察覺到。）

幸好，艾露緹似乎對店主的容貌不感興趣。

她將小刀握成水平狀態，以認真到恐怖的表情研究細部構造。

（她眼光還真好。）

那是「複合毒之刀」，是貴大使出渾身解數的成品。

（製作那個可是費了我一番辛勞啊。）

貴大並沒有學到太多製作系的技能。

他是可以做出簡單的物品，但比起專門行家的「鐵匠」和「鍊金術師」，可說是望塵莫及。

然而自己的拿手好戲，製作小刀可就另當別論。

儘管貴大只要不想做事時就會毫無幹勁，反之，也有著一旦決定做事就會徹底展開行動的性格。這次作為商品販售的「複合毒之刀」正是他熱情下的成果，在裝備品裡頭算是中下級，但也是他下了功夫的逸品。

（嗯嗯，我果然做得很好。）

將市販的小刀磨亮，塗上毒液。

使用了數種貴重的附加素材。

用「火焰樹的粉末」消除光澤，握柄則用「邪惡植物的藤蔓」捲起來。

他如此費盡苦心製成的物品，不可能會有人不感興趣。

若有看待事物的眼光，想必能理解其中的價值。此刻，艾露緹的眼神也閃閃發光，面露欣喜，發出感嘆的聲音。

「很厲害嘛！」

「嗯？」

還真是天真無邪的神情。

手上雖拿著危險的物品，但艾露緹面頰紅潤，滿是喜悅。

「這是你做的嗎？」

「沒、沒錯，是的。」

「這樣啊！你還真內行。我就是想要這種的！」

艾露緹舉起「複合毒之刀」，發出高昂的聲音。

她也不是一直都頂著張嚴峻的臉。看來她會對貴大以外的人露出這種表情。

「這個，多少錢？」

「呃，四枚銀幣。」

「太便宜啦！你再多拿一點錢吧！」

這麼說著，艾露緹從皮帶上的腰包拿出一枚大型銀幣。

那等同於十枚普通銀幣，似乎與「複合毒之刀」的價值相符。她的氣量之爽快，以及對自己製作的小刀的稱讚，讓貴大也不自覺開心起來。

「看來妳很喜歡那個商品呢……」

「是啊！有了這個，感覺戰鬥時就可以施展更多技巧了！」

「如果是那樣的話，要不要也看看這邊的商品？」

「喔！你還真是會做生意呢～！」

貴大這次從箱子裡拿出投擲用飛刀，放置到商品台上。

艾露緹拿起刀子，再度露出愉悅的笑容。

兩人原本就不算是水火不容。斥侯職種與輕戰士職種，戰鬥方式有所共通的兩人從前也組成過搭檔。以某件事為導火線，關係一舉惡化，若非如此，想必現在應該關係融洽才對。

沒錯，就像是此時此刻一樣。

在跳蚤市場歡談的兩人，看起來就像是真正意氣相投的友人。

「那麼，我也買下這個跟這個吧。」

「好的，謝謝惠顧～」

「你之後如果又出來擺攤的話要聯絡我喔。我會再過來買東西的。」

「我會考慮看看。」

甚至直到最後，他們都進行著和樂融融的對談。

貴大充滿自信的量身訂做小刀，這些符合需求的逸品，全都被艾露緹買下了。客人理解商品價值，爽快付帳這點著實令人心情舒暢。是椿艾露緹滿意，貴大也心滿意足的好交易。

這樁交易也即將結束，貴大甚至感受到一股惋惜之意。

「那麼，這些是款項。」

「好的，謝謝。」

艾露緹拿出幾枚大型銀幣，交給貴大。

貴大收下錢幣，深深低下頭來時——

「啊。」

帽子掉了。

圍巾也一併垂下來了。

「糟了！」

就算慌張遮住臉也已太遲。

艾露緹徹底看見了。

貴大的臉。那張似乎是她救命恩人，最近也掛在心上的男人的臉。

竟然與對方相談甚歡，還對他展露出天真無邪的笑容。不斷稱讚對方好厲害好厲害，那

些話全部被本人給聽見了。

「啊、啊、啊啊啊啊……！」

轟！艾露緹像是火種被點燃般一鼓作氣漲紅面容，微微發抖。

「啊啊啊啊啊～～～～～～～～～～～！」

她立刻逃離現場，然而——

由於太過羞恥，那天晚上她只能不斷在床鋪上打滾糾結。

—4—

這是收穫祭迎來尾聲，隔天週末所發生的事。

這天，貴大的工作是發送郵件。如同慣例一般人力不足的郵局，竟派發了五十封信件給他。他因此花費一整天來送信。工作結束時早就已經過了下午，即將來到太陽西沉之時。

然而——

「結束啦～！」

貴大在中級區的道路一隅高舉歡喜之聲。

這樣送信委託就告一段落了。五十封信他全都發送完畢。

「啊～真是有夠麻煩的。」

身為萬事通總會被任意使喚，是相當繁瑣的工作。

中級區的街角一封信。下級區的港口兩封信。爬上公寓階梯、前往巡邏隊的駐屯處、穿越擁擠的巷弄，當然也涉足到貧民窟那類場所。被認識的狗狗纏住嬉戲、被打算吃掉信件的山羊盯上、途中還遇上趕著限時拍賣的大嬸群而被捲進災難裡。

他度過了萬難，在這天妥善完成了工作。

這股壓倒性的解放感，讓貴大有股想稱讚自己的心情。

「好久沒喝酒了，去喝點吧。不不不，吃點甜食也不錯。」

貴大笑呵呵地鬆緩臉頰，行走在路上。

儘管這星期可謂兵荒馬亂，但結果安好一切安好。

幸虧明天是休假日。而且，今天也把所有工作都處理完畢了。

這怎麼可能不令人高興呢，他提起輕盈步伐，前往繁華街。

「……嗯？」

忽然，他察覺到某件事。

「真的假的啊。」

他打算從側背包裡拿出皮包時，手觸碰到了某個東西。

試著拉出來以後，看來是封他發送時漏掉的信件。簡潔的白色信箋上，標註收件人的字跡很漂亮。

「我明明記得自己確認過信件數量了啊。」

他擺弄著那僅僅一封信件，發出大大嘆息。

本想說工作告一段落了，才發現其實還沒結束。就算不是怕麻煩的貴大，任何人應該都不喜歡遭遇這種情況。找不出激勵自己的動機，貴大佇立在原地不動，思考該如何是好。

（下星期再補送嗎？）

那樣或許不錯。

裝作沒看到信件，直接前往酒館或食堂。

那也是一個方法。

不過，工作還沒做完就去吃飯也令人坐立難安。

要吃飯的話，他想要悠閒地用餐。抱持內疚感的話，也無法享受美酒。況且還有那個女僕。要是被那個工作魔鬼優米爾知道他偷懶了，貴大究竟會遭受怎樣的下場呢？

「真是沒辦法。」

看來今天比起怕麻煩，不快的餘韻勝利了。

插在身上的一根小刺就該立即拔除，貴大決定前往信件上寫的住址。

「話說回來，那個下級區的『經營之家』啊。」

從中級區前往下級區場所，貴大走在街道上。

「那裡是什麼地方啊？聽都沒聽過。」

貴大歪歪頭。他雖然以中級區為據點，但工作內容的緣故，也會涉足到上級區與下級區。就算稱不上像是在逛自己家的後花園，區域裡的主要場所他都記在腦袋裡了。然而，信件上記載的名為「經營之家」的住址他絲毫沒有印象。

不過只要打開系統清單的地圖，也能前往目的地。他輸入信件上的住址，循著標示的路線移動。果然是沒有印象的路途，他一邊推測可能是新規劃的區域，一面朝目的地前進。

「我看看，現在是在這兒……咦咦？要通過這裡嗎？」

下級區一如往常雜亂無章，沒有街區規劃得比這裡更難理解了。

除此之外還滿不在乎地把廚餘和嘔吐物倒在道路側邊，腐臭味讓貴大不禁皺起臉。

雖說最近有傾注心力在進行清掃，但人煙稀少的巷弄裡果然還是這副慘狀。

居民的衛生意識還有待徹底改革，改善之道也還有段漫長距離。

「好了，總算快要到了。」

接下來只有一條直線道路。

或許是連結著某些開闊的場所，光源射入陰暗的巷弄裡。

「快點把信送過去，然後回去吧。」

都來到這裡了，只差一點點而已。貴大提起步伐穿越通路。

接著，道路前方，出現了他意想不到的光景——

「哦哦……？」

紊亂的下級區巷弄裡，盡頭擴展著一片優美的庭院。

被雜亂無統一性的建築物包圍，驀然開了一塊四十坪左右大的土地。

庭院深處建了一間小小的平房。房屋前種植著田地與花壇，有幾隻蝴蝶在飛舞。或許是居民搬來的，田地一側備了張木製長椅，外觀看來相當有歲月痕跡。

這麼說也有點失禮，但怎麼看都不像是下級區會有的光景。

「咦咦？這裡就是『經營之家』沒錯吧？」

「沒錯，這裡就是『經營之家』喔。」

「喔哇！嚇了我一跳——！」

貴大背後突然站了一名老婦人，不知是何時來到他身邊。

白髮蒼蒼仍挺直背桿的老婦人揹著柴薪，手上提著購物籃。

「哎唷，你先讓到一邊去吧。我要把重物放下來。」

「喔、喔喔，抱歉。」

杵在原地的貴大，看來意外地擋住了去路。

他急忙退到旁邊，讓老婦人通過。接著老婦人以熟練的步伐前往平房旁邊的柴薪放置場。

「呼～嘿咻。真是的，到了這種年紀，買東西也很費力啊。」

卸下行李的老婦人揉揉肩膀，回過頭來。

「然後呢，你是哪位啊？」

「啊，喔喔，我是萬事通的貴大。是來這裡送信的。」

「送信？給我這種老太婆？」

「沒錯沒錯。婆婆妳就是莫里絲‧克萊姆嗎？」

「是啊，是我沒錯。」

看來信上標註的住址就是這裡沒錯。

貴大鬆口氣地撫撫胸口，將信件交給莫里絲‧克萊姆。

「來，這是妳的信。」

「是誰寄來的啊？哎呀，是我朋友呢！那孩子還活著呀！」

莫里絲一臉困惑，看到寄件人的姓名後總算綻放笑容。

隨著年歲增長，意外收到來自老友的信件，想必很令人喜悅吧。看著迅速拆開信封的老婦人，貴大也浮現出溫暖的笑容。

「太好了呢，婆婆。那我就先回去啦。」

如此一來，郵局送信的業績也達成了。

總算可以吃飯了，貴大摸摸肚子，打算離開現場。

然而——

「啊，哎呀，等等呀！你難得都來到這裡了。要是不好好款待你，我會遭天譴呀。」

「咦，不，這樣不好意思啦。」

夕陽西下的和煦風景令他差點忘了，但這個廣場同樣也屬於下級區的一角。

何況住在此地的是名老人，沒有什麼寬裕積蓄才對。

這種情況下還招待他人，或多或少都會帶來負擔。

即使擔心此事的貴大委婉拒絕——

莫里絲卻像是猜透他想法般哈哈笑了。

「別擔心~這裡雖然只有我一個老太婆，但生活沒那麼困苦，用不著顧慮也沒關係。好啦，進來吧進來吧。」

「哇，等等，婆婆！」

莫里絲用著有別於外貌的大力氣，使勁把客人推入自宅裡。

無法強硬甩開對方的貴大只好隨著情勢，走入老婦人家中。

「哇啊，這是什麼，超好吃！婆婆，這超好吃的耶！」

格蘭菲利亞境內少見的木屋住宅內。

四人用的餐桌前，貴大著迷地揮動湯匙。

「我說不定是第一次吃到這麼好吃的燉菜……！」

將他變成俘虜的，只是單純的一盤奶油燉菜。

不，並非單純。這種芳醇美味豈止單純。

稍微有些奶腥味，但連這點氣息都成為美味的特性之一。

切塊入鍋的根莖蔬菜與馬鈴薯燉煮得鬆鬆軟軟。或許是廉價的老雞肉經過徹底熬煮，每咬一口就散開。

這是貴大至今以來從未品嚐過的絕品美食。

他加快吃東西的速度，不到五分鐘，深盤裡盛裝的燉菜就空空如也。

「你要再吃一碗嗎？」

「好！」

「還有很多啊。你盡量吃吧。」

最初的顧慮不知道哪兒去了，貴大毫不猶豫地遞出餐盤。

莫里絲看來心情也不壞，笑著叫他吃點這個，再吃點那個，端出了許多餐點。

看似是自製的手做麵包、醃菜等色彩豐富的醃漬品、鹽漬鯡魚與越橘的水果酒，最後甚至連厚切火腿莫里絲都接二連三端了出來。貴大因此眼睛閃閃發亮，任憑年輕氣盛與空腹驅使，將端上桌的菜色一一剷平。

一面開心看著他的豪邁吃相，莫里絲向貴大說道：

「看來你是真的餓壞了呢。」

「啊啊，真的有點。而且今天特別累。」

「很累？送信是那麼費力的工作嗎？」

「那也是原因之一啦。不過，今天是週末對吧？也算是囤積了一個星期分量的疲勞。」

「萬事通還真辛苦呢。」

「嗯～……不，我覺得是我經營的萬事通特別辛苦。」

「哦？這話怎麼說？」

「我家的女僕啊，她是個超級嚴厲的傢伙……而且還是個工作狂。」

「原來如此。」

「這星期也是塞了一堆工作給我。而且盡是一些費力費神的委託。」

「這樣喔～」

塞滿麵包的臉頰鼓起，勺起燉菜，貴大一面用餐一面吐著工作的苦水。

莫里絲沒有打斷他，而是聽他訴說，沉思一陣子後說道：

「但是，你覺得這樣也不錯是吧？」

「嗚咕！」

「為了活著就必須要工作。你也需要那孩子陪在你身邊。這些，你都明白對吧。」

「那、那是……」

「你很偉大，而且很厲害喔。」

「唔唔唔……！」

被戳中預料之外的要點，貴大產生困惑。

「不、不是那樣啦。」

「哎呀，是嗎？」

他逼不得已狡辯，回應他的是道溫暖的笑容。

這個名為莫里絲．克萊姆的老婦人，似乎透過短短幾句對話就洞見了許多事情。

她究竟說中了，或是沒說中，對現在的貴大而言或許無法得知，只是——

貴大心想，他果然贏不了年長者的聰明睿智。

「那麼婆婆，多謝招待。」

「不客氣。」

「真的很謝謝啊。下次我會帶謝禮來的。」

「不用特地帶來啦。我也很開心啊。」

太陽已完全西沉的時分，能在房屋前看見貴大與莫里絲的身影。

先別提莫里絲那令人揪心發癢的指摘，食物很美味，他一不小心就久留叨擾了一陣子。

再這樣下去會超過門禁時間，流通下級區與中級區之間的門扇會緊閉起來。得在那之前離開才行，貴大因此從座位上站起來。

「那就這樣啦，下次見～」

「再見啦～」

雖感到流連忘返，但此刻心中的舒暢正勝過前者。

貴大一面撫摸膨脹的肚子，離開了「經營之家」。

目送他背影離去的莫里絲，臉上照舊掛著溫暖的微笑。

「很好很好，變得很懂事了呢。真偉大。」

她也露出某種通曉世故的神情，如此低喃。

「就是這樣，就是這樣。要繼續加油，變得幸福啊。」

莫里絲並非說給他人聽，而是自言自語，接著緩緩回到自家中。

屋門關上的間隙，她果然還是一臉微笑。

「要變得更幸福喔，然後……」

老婦人留下最後一句話，消失在屋子中。

與此同時，房屋與田地也一齊開始消散——

數分鐘後，現場只剩下一片狹窄的空地。

幕間劇「格蘭菲利亞的七大不可思議」

「咦~原來還發生了這種事啊。」

某個假日午後，貴大與薰一面喝茶一面閒聊。

話題當然是在討論「經營之家」。針對忽然現身，又突然消失的那間屋宅，貴大鐵青著臉向薰娓娓道來。

「那裡絕對有屋子啊。我確實進去了。」

「但是地圖上沒有紀錄，也消失不見了對吧？」

「是沒錯。」

夏天已經過了，也來到了深秋季節，是個意料不到的靈異體驗。

明明是不符合季節的怪談，薰卻興致盎然地追問。

「我說啊我說啊，那是不是就是『第七區』啊？」

「『第七區』？」

「沒錯沒錯，絕對是那個！」

貴大聽來還是有點不明所以，薰因此充滿興致開始解釋。

「明明在那裡卻不見了。明明沒有卻出現了。突如其來讓人迷失，唯有遵循正確路徑才會出現的神祕區域，那就是『第七區』啊！」

「啊？什麼東西，那是妳想出來的嗎？」

「才、才不是！這是格蘭菲利亞的七大不可思議啦！」

「格蘭菲利亞七大不可思議？」

又來個聽都沒聽過的單字。

這是在民家女孩之間流行的怪談嗎？

貴大一臉懷疑，薰清了清喉嚨，再度開口：

「格蘭菲利亞七大不可思議。那是潛藏在大都市裡的七大不可思議。是都市所孕育出的七種黑影。」

她是受到了吟遊詩人的影響嗎？

薰奮力營造出顫慄驚惶的氣氛，訴說起七大不可思議。

「第一個不可思議。那就是『在城牆上奔走的黑影』。」

「哦。」

「月黑風高的夜晚，只要抬頭往城牆上看，那裡就會出現無聲奔跑的人影……！」

「那只是守衛在自主練習不是嗎？」

「…………」

維持威嚇他人姿勢僵在原地的薰恢復成原本的模樣，接著說道：

「第二個不可思議。那就是『問答雕像』。」

「是喔。」

「只要到了夜晚，王立美術館的雕像就會開始說話。」

「確實有那種魔法啦。」

「…………」

露出游刃有餘笑容的薰變回正經表情，接續下一個話題。

「第三個不可思議。那就是『被詛咒的項鍊』。」

「哦──」

「只要把項鍊戴在身上就拿不下來，還會漸漸掐住當事人的脖子。」

「去教會不就好了？」

「…………」

緊緊掐住自己頸項的薰，把手鬆脫開來。

「第四個不可思議。那就是『圖書館的魔女』。」

「嗯哼——」

「王立圖書館的地下，封印著黑髮的魔女。」

「我認識她。」

「你到底是怎樣啦————！」

終於爆發的薰漲紅著臉，握拳敲打著貴大。

「你不懂！貴大，你完全不懂啦——！」

「痛痛痛，好痛。妳、妳住手啦。」

「討厭！討厭——！」

「對不起、對不起嘛。」

貴大反省自己是否有點壞心眼，試著讓薰氣消。

他泰然自若地誘導話題，這次打算好好聽對方說話——

「那剩下幾個不可思議是什麼？」

「咦？我想想，剛剛講了『第七區』和『公會的小房間』了嘛？接下來還有『幽靈的舞會』和『拜訪的黑影』。」

「那不是就有八個了嗎？根本不是七大不可思議嘛。」

「就是這種概念啦——！」

「好痛！」

不懂察言觀色、情不自禁吐嘈的貴大，在這之後也持續被薰握拳搥打。

END

自由人生

異世界萬事通奮鬥記

第二章 我家的爸爸篇

—1—

「只要一星期就好，可以麻煩你幫忙照顧孤兒院的孩子們嗎？」

季節入冬，約莫是吹來的風也漸寒的時節。

才剛想說露朵絲小姐來拜訪了，她就提出這個唐突的要求。

「孤兒院的孩子們……咦？那露朵絲小姐要去哪裡呢？」

「其實這次我代替聖女大人……要去參加慶祝典禮。」

「咦、咦咦？」

那還真是嚴重事態。

雖不知聖女是何方神聖，但孤兒院可是靠露朵絲小姐在支持運作。

只有孩子們的話令人不放心，當中也有無法放任不管的年幼小鬼頭。

看來是需要代替修女的監護人——

「經常來孤兒院幫忙的其他修女不行嗎？」

「因為典禮的影響，無論哪裡都人手不足。」

「那麼派遣女僕之類的呢？」

「如果只是簡單協助的話確實沒有問題，但關係到要託付孩子，如果不是可以信賴的對象我就無法安心……關於這點，我認為貴大先生絕對可以勝任，才會前來這裡提出委託。」

「唉唉，原來是這樣啊。」

確實，我認為孩子們還挺親近我的。

畢竟自從米凱羅提事件以後，屢次造訪孤兒院的我和他們熟稔了起來。

我自己並不討厭照顧小孩。和那群傢伙相處很快樂。只要隨意和他們嬉戲，在體力容許之下玩耍一陣後他們馬上就會睡著。這樣一來我就能隨心所欲了，也沒必要付出額外的勞動

……嗯？

該不會這工作挺輕鬆的？

雖說是小孩子，但至少可以好好打理自己。

會做飯、會打掃，也會做好洗澡的準備。

也會乖乖換好衣服，用不著說，負責照顧年幼小不點的當然是較年長的孩子們。

我被要求的，只是以監護人的身分照看他們而已。

付出最低限度的照料，接著就只要和小鬼頭們一起睡午覺就好。

（……就是這個！）

很棒不是嗎？超棒的不是嗎！

這個委託，請務必交給我辦理吧！

「如果是這樣的話，請儘管交給我吧，露朵絲小姐！」

「哎呀，你願意接下嗎？」

「是的！」

我露出閃耀的笑容，露朵絲小姐鬆口氣地輕撫胸口。

「啊，但是那段期間將會無法接受其他委託，你沒關係嗎？」

「是的，沒有問題！」

當然沒有問題。

沒有急件委託，學園方面只要事先告知他們就好。

公會的定期例會還有段時間，現在這時期也不太會增加突如其來的委託案。

如果把優米爾帶到孤兒院的話，也能讓店舖先暫停營業。

根本不成問題，甚至說熱烈歡迎這樁委託啊！

「總是給你添麻煩，那麼就拜託你嘍。」

「好的！」

有股能體驗久違懶散生活的預感，內心充斥期待的我。

果然還是面露欣喜，在合約書簽名的露朵絲小姐。

如此這般，我接下了短期一週的幼保工作——

但是……

—2—

「啊啊啊啊啊啊啊～～～～～～～～～～！」

「嗚哇啊啊啊啊啊啊啊啊啊！」

「媽媽～～～～～～～～！」

才剛開始沒多久，腦袋就發暈了。

接下那項委託數天後，我與優米爾一起前往孤兒院。

「妳不要走啦啦啦啦～～～～！」

「媽咪嗚嗚嗚嗚～～～～～～～～～！」

然後就演變成這樣了。

事先有告知過孩子情況，但他們想必無法理解。

直到露朵絲小姐坐上馬車，小鬼頭們就像是著火般嚎啕大哭起來。

「「「嗚哇哇哇哇哇哇哇哇哇！」」」

「對不起，對不起喔！我馬上就會回來了！」

「「「嗚哇哇哇哇哇哇哇哇哇哇！」」」

看來連話都聽不進去啊。

被年長組的孩子們抱住的小鬼頭們，直到最後的最後都——

不，甚至是已經看不見馬車了，都還在啜泣咕噥。

平日看來輕鬆天真的克露米亞也垂下尾巴，露出悲傷的表情。

（說是沒辦法，還真是沒辦法。）

這也可能是因為至今為止露朵絲小姐都沒有離開孤兒院的緣故。

不只是年幼小鬼頭，年長組的孩子們也面露不安。

（不過，總之，馬上就會習慣了吧。）

習慣吧，這種事情只能習慣。所謂日常，就是凡事都得習慣。

只要經過三天，就能恢復習以為常的氣氛了吧。

「好啦，我們該做些什麼才好？」
我判斷場面恢復穩定後，便向年長組的孩子們問話。
「啊，那個，該做什麼才好呢？」
「再怎麼說都是監護人。年幼的小孩會由我們來照顧，你就做你想做的事情吧。」
他們分別是最年長的哥哥約翰，以及最年長的姊姊妮娜。
兩人都是十四歲，身為孩子們的領袖，還真是說了令我高興的話。
（嗯嗯，很好喔很好喔～！）
是和我預料相同的展開。
儘管一開始被驚天動地的號泣給嚇到了，但從現在起理想的生活就要開始啦。
隨便應付一下小孩，累了就和他們一起午睡，偶爾照顧照顧他們——
多麼溫暖悠閒的生活啊。
畢竟我最近工作很忙啊。
就當作是休假，讓我好好懶散自在地過活吧！
「那我就去陪小鬼頭們玩玩好了。」
「嗯，我知道了。」
「優米妳要做什麼？」

「……我去確認孤兒院的設備。」

「哦——這樣喔這樣喔。」

這傢伙還是一樣認真呢。

她想必是確認廚房的使用狀況，以及廁所位置之類的吧。

總之，就隨她高興吧。我也要隨心所欲做自己的事情！

「那麼，就去庭院吧。」

「汪汪～！」

小孩果然很現實，我才剛踏出步伐，就匆匆忙忙跟上來了。

然後抵達庭院就各自隨意地散開，逕自玩樂起來。

「那麼貴大，就麻煩你嘍。」

「哦～」

我向妮娜與約翰等年長組的孩子們揮揮手，悠閒地橫躺下來。

那些傢伙也有他們自己的工作要處理啊。說是工作，其實就是就職前的職業訓練那類事情，不過那也是重要的日常功課之一。

就讓那些傢伙努力練習，我在這裡悠哉守護小鬼頭們吧。

（……話說回來，增加了呢。）

望向占地還算寬廣、設有遊樂設施與樹木的孤兒院庭院，我不經意這麼想。

（之前明明頂多只有十個人左右。）

小鬼頭們在庭院玩耍。

未滿十歲的年幼組成員們，光是這些幼童就有九人。

米凱羅提事件時，孤兒院全體明明頂多只有十人而已——

在那之後人數陸續增加，如今，在這裡生活的孤兒已經增加到一倍左右。

（哦，那傢伙也是新面孔。）

鼬鼠獸人的男孩，以及像是蜥蜴的女孩。

甚至還有黑貓獸人的女孩子。種類變化還真豐富啊。

（這究竟是好事，還是壞事呢。）

我並不清楚，不過，看來孤兒院的運作很穩定。

望向看似還算健康的孤兒們，我思考著無關緊要的想法。

「貴大～！」

「嗚哇！」

「汪嗚汪嗚汪嗚汪嗚！」

「等……喂，給我等等。」

發呆的同時，克露米亞從旁邊飛撲了過來。

然後乘上這股氣勢，像是壓制住我般舔著我的臉頰。

「怎麼了，妳興致特別高昂啊。」

「欸嘿嘿。」

怎麼說，她還真是一副鬆懈的表情啊。

笑嘻嘻地鬆緩嘴角，袒露出舌頭，簡直像極了狗狗。

也是，畢竟是犬獸人嘛。有類似狗的特徵也是理所當然。

「貴大～」

克露米亞在我面前躺下，露出肚子扭動起來。

身邊的愛犬小金也做出同樣動作，要我摸摸肚子。

或許是因為院長不在，才比平常更加向我撒嬌吧。

沒辦法。我就陪陪她們吧。

「摸摸摸。」

「汪嗚～♪」

「來來來。」

「汪嗚！」

右手對克露米亞，左手對小金刷刷刷地撫摸著。

接著狗狗們彎高下巴，開始發出心滿意足的聲音。

「好啦——摸摸摸。」

「嗚嗚～♪」

露出毫無防備的部位，就是叫我摸那裡的意思。

回應狗狗們的要求，我盡情摸摸克露米亞與小金的腹部、咽喉還有下巴。

「咕嗚～♪」

「…………」

以客觀角度審視的話——

該不會，現在這個畫面很不妙吧？

克露米亞雖然是個九歲兒童，但體型可是成年人。

似乎是成長快速的種族，既有身高也有胸部。

竟然盡情撫摸這樣的孩子——該不會這很糟糕吧？

（不、不對不對。才沒那種事。我沒有抱持邪惡的想法。）

克露米亞不過就只是個九歲兒童。完完全全還是個小孩子。

我這只是在和小孩子玩耍而已！嗯嗯，沒錯沒錯。

「汪嗚！」

「喔哇！」

克露米亞忽然站起來了！

露出一臉認真的神情。怎、怎麼啦？

「我肚子餓了！」

（原來只是肚子餓喔！）

真是的，別嚇我啊。果然還只是個小孩子啊。

「真拿妳沒辦法。我去做點好吃的東西吧。」

「哇——！」

時候還有點早，不過先來準備午餐也挺好的。

我將現場留給正好路過的優米爾照顧，前往孤兒院的廚房。

—3—

削皮削皮削皮。

這裡是孤兒院的廚房。構造和普通廚房類似，不過得供大量人數使用，面積約是一般家庭的兩倍。光是爐灶就有三個，流理臺也很寬敞。對興趣是做料理的人而言簡直是天堂。打掃起來很麻煩就是了。

天花板上的梁柱垂吊著洋蔥與辣椒，一看就是道地的西式廚房。如今我就正在此地一心削馬鈴薯皮。有幾個小孩待在附近，同樣削著紅蘿蔔與洋蔥的皮。

「吶，哥哥。今天是要煮蔬菜湯嗎？」

抬起頭來開口詢問的是年長組的貝拉。

她待在安置於中央的流理臺對面，不經意看過來。

原來如此，將蔬菜與肉類一起燉煮的湯品，確實是一般的家庭料理。

這算是每天都會做的菜，他們會透過食材做出聯想也不奇怪。

但是，我才不會做那種料理！

難得都被託付要照顧小孩了。我要做出更優秀的美食！

「哼哼哼……不對喔。今天要做的是咖哩。」

「「「咖哩——？」」」

貝拉一行人呆呆地複誦這個單字。

沒辦法，這也是當然的。畢竟伊森德王國沒有咖哩這道料理。

這裡原本就沒有必要的香料。儘管有胡椒與辣椒，卻沒有薑黃和小茴香。如果打倒名叫「香料怪獸」的魔物的話就會掉落香料，可惜這類魔物沒有出沒在這一帶。

不過，我擁有大量調配完成的咖哩粉。

我很想在實境遊戲內吃吃看咖哩，所以有一段期間在「Another World Online」瘋狂搜刮香料。現在香料還剩下一大堆。

只要有這些咖哩粉，就有辦法做出咖哩。

沒錯，最適合大團體一起享用的料理，小孩們也會心滿意足的咖哩！

今天就做這道料理給你們吃！

「所謂的咖哩啊，就是把這個加入高湯，煮成濃稠狀的料理。」

「哇，味道好香。」

「啊，我也要聞，我也要聞——！」

「讓我聞聞看——！」

一群十歲左右的女孩們聚集在流理臺上放著的罐子旁。

平日裝作成熟的小姊姊們，看來還是個小孩。

她們因好奇心而雙眼發亮，用手指沾取香料，靠近鼻子。

「好辣！好辣——！」

我就知道她們會這樣做。喜歡下廚的米米露舔了一口咖哩粉。

她垂下兔子般的耳朵，按住嘴巴，小幅度跳起來。

對小孩的舌頭而言，單純的咖哩粉想必太刺激了。

「來，喝點牛奶。」

「謝謝……嗚嗚。」

米米露兩手握住馬克杯，喝下牛奶來冰涼舌頭。

儘管如此果然還是很辣，她眼角泛淚。

「要把這個加進去嗎？不要啦。」

「人家不喜歡吃辣……」

有著一頭鬆軟毛髮的羊獸人梅伊發出嫌棄的聲音。

原來如此，不過咖哩可是變換自如的料理，也能夠調配成適合小孩的比例。

「安心吧。我會加入蘋果和蜂蜜，做得甜一點。」

「咦咦咦～？要讓湯變甜嗎？」

「而且還很辣？」

「嗚噁～」

看來他們無法想像那種味道。

嗯，這種場合比起理論更需要實證。快點做好，讓他們嚐嚐味道吧。

「哇哇！好香的味道！」

「什麼什麼？你們在做什麼菜？」

用奶油炒香麵粉，再從煮鍋裡取出高湯加入，放進咖哩粉，順便將先前炒成蜂蜜麥芽色的洋蔥給丟進去。

將這些材料慢慢熬煮，四周就會飄散出刺激食慾的香氣——

「這是什麼～？」

「聞了這味道以後肚子好餓啊！」

「汪汪——！」

孩子們陸陸續續聚集了過來。

哼哼哼，你們這群傢伙已經中了我的招術啦，咖哩的俘虜們啊。

我攪和平底鍋的咖哩醬料，因為料理大成功的預感而悶笑。

然而，不知出了什麼異狀。

喜悅不知何時轉變成困惑，歡聲逐漸變成慘叫——

「這是什麼……？」

「大〇……？」

總是喧喧騰騰熱熱鬧鬧的孤兒院食堂。

此時此刻，被奇妙的氣氛與不可思議的香氣包圍。

「這什麼東西……？」

孩子們定睛凝視的是桌子上方的食物。三張並排的大餐桌上，放置著溫熱蔬菜的沙拉與黑麥麵包，以及口味偏甜的豬肉咖哩。

看來問題就出在那鍋咖哩。

盯著眼前的咖哩，小鬼頭們看似躊躇不決。

沒辦法，外觀確實很像〇便啦，而且還是拉肚子的那種。但是味道明明很香啊。

「喂，克露米亞。妳不吃嗎？」

「嗚汪？」

坐在我旁邊的狗狗將臉湊近餐盤，接著迅速往後退。

她看來臉色發青，拚命搖頭拒絕。

「喂，凱文。你肚子很餓對吧？」

「是沒錯啦……不過，這個……」

甚至連總是餓肚子的凱文也不知為何遲遲沒開動。

「貝拉你們也一起做出這道料理了吧？為什麼都不吃？」

「那個……」

「那是因為……」

明明料理途中都很愉快啊。

到了將熬煮好的醬料放進大鍋，加入蘋果與牛奶，並將巧克力之類的食材幾塊幾塊投進去的這個階段，所有人不知為何對這道料理退避三舍。

料理步驟明明沒有什麼異常之處才對——

「那麼，我要先吃了喔？可以吧？」

即使我用湯匙挖了一口咖哩，也沒人出聲。

何止默不作聲，他們還明顯皺起臉龐，露出看待怪人的眼神。

可惡啊，只要看到我吃飯以後，這些傢伙也會跟著吃下去才對！

如此一來，之後放著他們不管也會乖乖吃飯吧！

「啊嗯。啊～真好吃！」

「………」

「咖哩超好吃的啦！」

「…………………」

咦咦？超冷淡的反應。

「嗚哇，那個人在吃〇便……」

還聽到不知從哪裡傳出來的聲音。

「才不是，這個真的很好吃啦，你們也吃吃看啊！」

「…………………」

所謂的異國文化交流，原來是如此困難的事情嗎？

可惡，既然這樣的話！

「優米，妳也來吃吃看！」

「……好的。那麼，我開動了。」

那就輪到可靠的好夥伴，優米爾小姐出場了。

不單單是我，只要這傢伙也一起吃的話，肯定能增加說服力。

況且，我也想讓她嚐嚐看咖哩這道料理。她徹底理解咖哩的美味以後，一定也能傳達給那群小鬼們。

好了，拜託妳嘍，優米爾！

好好描述出咖哩的美味吧！

「……好吃，好吃。」

「…………」

啊，我都忘了，優米爾小姐有溝通障礙。

機械式地將湯匙放入口中，無表情重複說著「好吃，好吃」的女僕小姐，看來簡直就像是背地裡遭受「妳吃了咖哩以後就給我說很好吃喔」的脅迫。

「……啊！」

竟然對等同於家人的員工施以這種對待——

孩子們的眼神彷彿透露出這句話，冷淡到極致。

「再來一碗——！」

「啊，尼克，你這傢伙已經是第三碗了喔！」

「一次只能裝一塊肉啦，真是的——！」

「你們男生真的很不守規矩耶！」

「汪，汪汪！」

「不行啦，克露米亞，肉只能吃這麼多。」

最後，多虧身為長兄的約翰試吃，咖哩終於洗清了○便的疑雲——

結果就變成了這副光景。小鬼頭們完全著迷於這道料理，像是飢餓的野獸般開始包圍大鍋。

咖哩果然很偉大啊。看來可說是魅惑眾生的食物了啊。

啊，不過，這樣沒問題嗎？

我做了大量咖哩，就是想說讓他們晚上也接著吃的——

怎麼好像已經快吃光了耶。連一塊紅蘿蔔都沒剩下。

「好好吃——！咖哩超好吃——！」

「我還要——！」

「汪汪——！」

「啊——！你們這群傢伙，給我乖乖吃飯！」

只是做午飯給他們吃而已，就湧現出這種疲憊感。

咦，怪了？該不會，照顧小孩這工作，比想像中還要艱辛……？

—4—

「累死了啊啊啊……！」

來到孤兒院的當天夜晚。

我把肩膀浸泡到洗澡水裡，發出狼狽的呼喊。

「嗚哇啊啊啊啊……」

天啊，完全大出所料。

本以為照顧小孩輕鬆就能應付，沒想到竟然會疲累到這種程度。

那場暴動般的午餐風波後，小鬼頭們仍然精神滿分地東奔西跑，想說他們多少會睡個午覺，結果卻毫不停歇一路喧譁到晚上。

接著就得準備晚餐，原本想說晚餐後再收拾殘局就好，這次又得讓大家去洗澡——

我已經累癱到極點了。

露朵絲小姐還真是厲害啊。莫非她一直以來都在做這種工作嗎？

我一面加深對她的尊敬，沉到浴缸裡，嘴巴吐出嗶嗶啵啵的泡沫。

「加、加勒——！」

「嗯？」

「不對不對。是【加熱】。」

「掐樂？」

「【加熱】。」

沖洗處的小鬼頭們好像在做什麼。

在水缸前高舉著像是釣竿的物品。

喔～那是【加熱】的練習對吧。為了能讓小鬼們妥善使用加溫熱水的魔法道具，年長組的傢伙正在教導他們。

「掐——熱！」

「是【加熱】。不是『掐』，是『加』。」

舌頭還不靈巧的小鬼頭們看來還無法順利唸出那個單詞。

即使能唸出口也無法穩定效用，水似乎會一下太冷一下不夠熱。

（如果按個開關就能使用就好了。）

在日本土生土長的我可能會這樣思考，但這似乎很困難。

光是點燃捻熄魔法燈火就得耗費心力，其他魔法道具的改良也遲遲未有進展。因此啟動道具以後，還必須使用正確發音唸出咒語才行。

「我瞧瞧。」

我離開浴缸，把毛巾綁在腰上前往沖洗處。

接著輕鬆拿起加熱水用的長杖，對準前方的水缸唸出咒語。

「【加熱】！」

而後水缸表面飄散出蒸氣，水立刻加熱成溫度適中的洗澡水。

「「「喔喔～！」」」

小鬼們目睹完美的【加熱】而高聲讚嘆。

一次就成功，而且立即見效，看來他們很驚訝。

（哼哼哼，因為我和這道具也共事很久了嘛。）

畢竟當初來到這個國度時，我第一個購買的道具就是這把加熱水用的長杖。

能夠輕鬆加熱洗澡水的長杖，對我而言簡直就是救世主。

（隨著國情不同，有些地方沒有浴室啊。）

這麼一想，就覺得能隨時入浴洗澡的伊森德真是太美好了。

魔法大國萬歲。魔法道具萬歲。我一面心想，旋轉揮動著加熱杖。

「好厲害！怎麼做的？」

「訣竅呢？有沒有什麼訣竅？」

喔喔，很受歡迎嘛！

也是，能夠像我這樣運用自如的人畢竟很少。

為了能更舒適地洗澡，我這練習也值得了。一面害臊接受孩子們投來的尊敬，我將長杖扛在肩膀上。

「教教我們嘛！掐樂，教教我們——！」

「這麼說來，貴大先生，你也當過老師呢。」

「可以請你教教這些傢伙們嗎？」

「好啊，可以。」

費心照料的小鬼頭們，這種時候還真可愛啊。

接受年長組的請求，我將【加熱】的訣竅與正確發音傳授給小鬼頭們。

（感覺好像學園講師的出差版本啊。）

我一面心想，再次將長杖對準水缸。

然後，為了讓稍微變溫的洗澡水再次回歸適合的溫度，我打算再度使用【加熱】時——

「貴大～～～～～～～～～♪」

「嗚嘎！」

某個物體突然從側面撲過來把我撞飛，我摔回浴缸裡。

「咳咳、咳咳！什……克、克露米亞？」

「嗯嗯～♪」

胡亂闖進來的是克露米亞。

只圍著一條浴巾的克露米亞在浴缸裡磨蹭著我的臉頰。

「喂，現在是男生的洗澡時間啦！」

「女生出去啦～！」

問題出在這裡嗎？

還是說這種狀況很常發生呢。

不管怎樣，我將很想和我一起洗澡的克露米亞交給優米爾，把【加熱】的教學講座告一段落後，離開了浴室。

然而愛撒嬌的克露米亞仍然沒有撤退。

「貴大～♪」

「嗚咕，唔。克露米亞，好難受，好、好難受。」

「汪嗚～！」

騷動一路持續到就寢前。

年幼組們統一睡覺的大房間裡，我被克露米亞緊緊摟住。

「汪嗚！」

小金也徹底蹭近過來——

這是那個嗎？是那種像是到朋友家開過夜派對的氣氛嗎？

說不定只是因為露朵絲小姐不在而感到寂寞，但是這種愛撒嬌的程度非比尋常。

優米爾也被一群年幼小不點團團包圍，推擠成像是糯米糰一樣——

我就此斷言吧。照顧小孩果然很辛苦！

遠比想像中的還要辛苦太多太多啦！

（咿咿咿！這種狀態要持續一星期啊！）

早一秒也好，為了能讓露朵絲小姐快點歸來，我向神明獻上祈禱。

—5—

「右邊——！」

「好嘍。」

「左邊——！」

「好啦好啦。」

「抵達——！」

「是啊。」

我讓孤兒院最年幼的莉拉朵騎在我的肩膀上，到洗臉台洗臉。

這個蜥蜴般的孩子總是喜歡爬到別人的肩膀上。今天我則成為了犧牲者。無妨，反正她也是個超級小不點，體重很輕。

「抱抱！抱抱！」

「等等喔。」

抵達洗臉台前方，我先把莉拉朵從肩膀上放下來。

儘管如此，她立刻繞到我面前，背對我催促我把她抱高高。

「好啦，過來洗臉——」

「潑水潑水——！」

從大水缸裡汲取水到洗臉盆，再把水放到洗臉台上。

把莉拉朵抱到洗臉台後，這小不點興沖沖地開始洗臉。

（把臉盆放到地上的話會更輕鬆才對。）

她是想要和大家用一樣的方式洗臉吧。

想在洗臉台洗臉的莉拉朵，我始終把她抱得高高的。

（莉拉朵，妳要快點長大喔。至少再長高二十公分應該就能搆到了。）

今天的早飯讓她多喝點牛奶吧？不，會不會吃壞肚子？

「好了喔——！」

「好好好。」
她屁股上的小小尾巴啪啪啪地敲打我。
看來已經好了。我放開抬住她腋下兩側的手，讓她雙腳著地。
接著拿出毛巾讓她把濕答答的臉擦乾淨。
「謝謝——！」
莉拉朵說道，然後咚咚咚咚地跑走，不知道跑到哪兒去了。真是的，小孩還真有精神。
都來到這裡了，我也順便洗把臉吧。
我雙手掬起水盆裡剩下的水，啪沙啪沙地隨便洗把臉。
毛巾拿莉拉朵用過的就好了。反正也沒弄得很濕。
「啊，早安——」
「嗯？是卡爾啊，早安啊。」
年長組的卡爾正帶著年幼的七歲三人組（賽洛、巴爾德、提歐）前往食堂。看來早餐時間就要到了。
「今天的早餐是什麼啊？」
「不知道耶。不過，大概是那個。」
我來到卡爾身邊，任由糾纏過來的七歲三人組掛在我手臂上，和他們一起前往食堂。

「果然是粥啊。」

「……怎麼了？」

「沒事沒事。」

一如預料，早餐是雜穀粥。

也是，畢竟又健康又節約。雖說如此，但是——

已經有好一段時間沒吃白米飯了啊。好想吃剛煮好的白飯。

「今天晚上去『滿腹亭』晃晃吧，優米。」

「……我無所謂。」

好啦，就這麼決定！今天晚餐吃白米飯！

白米飯裝一大碗，配菜就選烤魚。然後再追加豬肉味噌湯和淺漬醬菜吧。

不，等等喔。也可以選擇竹筴魚的南蠻漬。南蠻菜色的話，南蠻雞也不錯。

唔唔唔，真是難以抉擇。

「吶，滿腹亭是什麼呀？」

「嗯？是間餐館的名字。」

坐在我腿上的提歐，歪歪頭向我發問。

「餐館是什麼？」

「唔，居然這麼問啊。餐館就是和路邊攤不一樣，可以在屋子裡面吃飯的店。」

這個年紀的小孩總會一直詢問「為什麼？那是什麼？」。

如果無法妥善做出說明，又會「為什麼？那是什麼？」地重複疑問。

我用路邊攤來當作解釋，這附近的大街上也有路邊攤，他們應該知道才對。

「今天的晚餐，要在那裡吃嗎？」

「是啊，沒錯。」

「我也去那裡吃嗎？」

「我也去那裡吃嗎～？」

賽洛和巴爾德也表現出興趣，湊近我腳邊詢問。

面對七歲三人組，我搖搖頭。

「不，不對喔。去的只有我和優米。」

「「「為什麼——？」」」

「「「好奸詐——！」」」

嗚哇！

不知何時聚集過來了，小鬼頭們湊到我身邊。

等等，什麼好奸詐。那是因為啊──

「我和優米只會在這裡待到今天中午而已喔。」

「「「咦咦咦咦～～～～～～～！」」」

沒錯，今天正是孤兒院值勤的第七天。

終於來到露朵絲小姐歸來的日子。

人類凡事都能習慣，我和優米爾已經完全融入孤兒院的生活了。

思念院長的孩子們也不會在夜晚哭泣，漸漸能夠自然親近地接納我。

即使如此，工作就是工作，今天則是委託期限的最後一天。

不過他們果然無法理解這回事呀。

年幼組的小鬼們立刻緊緊揪住我和優米爾。

「嗚嗚，嗚嗚。」

「別這樣，又不是說要跟你們道別……別露出那種覺得討厭的表情啦。」

「不要──！」

「我們永遠住在一起嘛！好嘛好嘛！」

「那樣不行啦。」

「為什麼？欸，為什麼？」

我隨便敷衍不斷追問為什麼為什麼的小鬼們，一面思考著不知心生多少次的念頭。

也就是（露朵絲小姐，拜託妳快點回來啊！）這件事。

「大家！我回來嘍！」

「媽媽！」

「歡迎回來！」

「嗚哇哇哇哇，媽咪嗚嗚嗚！」

「對不起，對不起。讓你們留下來看家這麼久……大家，對不起喔。」

不曉得是不是我的心願成真，露朵絲小姐提早回來了。

馬車在布萊特孤兒院前停下，跳下馬車的露朵絲小姐和孩子們展開感動的重逢。小鬼頭果然是小鬼頭，早就看也不看我一眼，一面抽抽噎噎地哭泣，一面緊抱住露朵絲小姐——

嗯，如此一來，我離開應該也沒問題了吧。

儘管多少感到惋惜，總之，這也是理所當然。

果然還是母親最重要嘛。

「貴大先生，這一星期真的非常感謝你。」

和孩子們一一擁抱完畢後，露朵絲小姐深深向我低下頭來。

「啊啊，不會啦，還滿輕鬆的。」

其實辛苦到七葷八素就是了！

真是的，一下尿床一下肚子餓，一下喊著「陪我玩～陪我玩～」！我的私人時間呢？哈哈，那是什麼？總之這一星期的感想就是這樣。

但是，不說出這些心聲，就是所謂的社交場面話。

露朵絲小姐或許是察覺到這點，呵呵笑著體貼我的辛勞。

「呵呵，很辛苦對吧？因為我們家的孩子們，大家都很有精神。」

「哈、哈哈哈。」

我刻意避免正面回答。取而代之，用笑聲來搪塞過去。

「好了，那我們差不多該告辭了。」

「好的，真的是辛苦兩位了。」

老實點頭敬禮，我和優米爾打算若無其事地離去。

然而，果然還是有一群傢伙不打算放過我們——

「你們要去哪裡？」

「不要回去啦——！」

「汪嗚嗚！」

小鬼頭和狗狗們開始纏住我的手和雙腳，不打算讓我離開！

優米爾也一樣，以站立不動的姿勢，又被人群推擠成糯米糰狀態。

「真、真是的！孩子們！住手！」

「「「不要——！」」」

「咕呃。」

露朵絲小姐介入阻止，於是小鬼頭們捉緊我的力道增強——

被、被掐住了啊！頸動脈！我的頸動脈！

「喂，你們這群傢伙，快放手啊！」

以長兄約翰為首，年長組的其他哥哥姊姊們也試圖把小鬼頭扯開來。

可惜就算扯開一人，其他小鬼頭又會糾纏上來，支開他們又有其他小鬼頭，根本沒完沒了。

「咕唔唔唔唔……！」

儘管如此，人數與力氣有所差距，他們仍然贏不過我。

哭得一蹋糊塗的小鬼們終於從我的身體上離開。

「你不要走啦——！嗚哇哇哇～～～～～！」

「貴大先生，你快點離開吧！剩下的我會處理！」

「不、不好意思！露朵絲小姐！」

「汪嗚，汪嗚～～～～汪！」

然後我扛起優米爾，逃難似的離開了布萊特孤兒院。

以上，就是我為期一週的孤兒院生活的結尾光景。

「……您感到寂寞嗎？」

「嗯？」

從孤兒院回來的路途上，走在我身邊的優米爾低喃說道。

「妳說什麼寂寞？」

「……因為這一星期，並沒有像現在這麼安靜的時間。」

「喔喔，這麼說來也是。」

確實，這一星期身邊幾乎隨時都有人。

在屋子裡頭時歡聲響徹，活蹦亂跳的小鬼頭們四處奔跑嬉鬧。

「和那些熱鬧比起來，或許還真有點寂寞。」

照顧小孩確實很辛苦，然而結束後意外地有點感傷。

這該說是兩手空空的失落感嗎？身體感受不到他人的重量後，或多或少有點空虛。

總之，馬上就會習慣的。

就像習慣孤兒院的生活那樣，肯定馬上就能習慣只有兩個人的生活。

並非不會感到寂寞，但我有優米爾在身邊——

「……是嗎？那麼，生一個孩子吧。」

「噗噗～～～～～～」

這、這傢伙在說什麼啊！

在路邊攤販買的果汁嗆進支氣管裡，我用力咳嗽。

將咳咳咳地嗆咳不停的我晾在一旁，優米爾那傢伙又持續說道：

「……不可以把孤兒院的孩子們帶回家裡。因此就請主人幫忙，讓我們家也有小孩。」

「所以說，為什麼會想那種事！」

我把手搭在面無表情筆直逼近我的優米爾的肩膀上，盡可能把她推回。

然而，這個女僕卻毫無退讓的打算。

為什麼？還是說，感到寂寞的其實是這傢伙？

「……生個小孩吧。這也是為了主人好。」

「我拒絕！」

優米爾更加湊近我，而我可沒打算讓步。

這場亂七八糟的鬧劇直到回家後仍在持續——

直到深夜都還未結束。

幕間劇「小貓咪的女孩」

米凱羅提事件以後，「布萊特孤兒院」的成員增加了。

多半是解決問題以後，補助金也增加了，孤兒院有更多餘力能夠收容新的孩子的緣故。

完全變得熱熱鬧鬧的孤兒院庭院裡，有許多孩子們奔跑玩樂。

「去吧去吧——！」

「汪嗚！汪嗚！」

蜥蜴族的小女孩——莉拉朵。

她是新成員之一。喜歡攀坐到別人背後的莉拉朵，今天乘坐在小金身上讓小金奔跑。

「理毛感覺很辛苦啊。」

「其實也不會喲。習慣以後還滿有趣的。」

鼬鼠獸人的男孩——維爾。

他也是新成員之一。正是所謂的紅顏美少年，他將毛茸茸的尾巴乘在腿上，一面用刷子刷毛一面和凱文閒聊。

「喵～」

「…………」

「喵！喵！」

接著，是黑貓獸人的少女——娜蒂雅。

這名女孩比克露米亞小一歲，八歲的她從剛才開始就對貴大施以貓咪拳。

「等等，為什麼啦。」

「喵！」

貴大對她投以狐疑的目光，娜蒂雅就咻地逃跑了。

可是逃到轉角時又停下腳步，躲進角落，開始緊盯著貴大不放。

「所以我說，到底是為什麼啊……」

完全搞不懂她的想法。

她到底想做什麼，又是抱持何種意圖才做出這種行為？

（是想要我陪她玩嗎？）

好像也沒這回事。

貴大一打算接近，娜蒂雅總會像剛才那樣逃走。

（那麼，她是討厭我之類的？）

可是好像也不是這樣。
貴大一移開視線，娜蒂雅又再度接近他。
然後不時碰觸貴大的黑髮，或是像剛才那樣施展貓咪拳。
那看起來就像貓咪在嬉戲，絲毫不帶有任何惡意。
然而，貴大一想要陪娜蒂雅玩耍時，娜蒂雅果然又逃跑了——
（唔～真的搞不懂。）
再怎麼思考，也無法浮現出合理的解答。
前陣子在孤兒院工作時，直到最後，他還是想不通。
「感覺很納悶啊。」
曖昧的心情轉而成為嘆息，貴大懶散地躺下。
這種時候最適合睡午覺了。就初冬而言，幸虧今天還算溫暖。
貴大就在這裡拿出「空氣軟墊」。
「呼哈啊。」
打出大大呵欠，闔上雙眼，緩緩讓意識朦朧。
「…………嗯？」

躺下來午睡後不知經過了多久。

睡醒的貴大呆呆地凝望依然明亮的天空。

「咕呼～咕呼～」

感覺右手好重，原來是克露米亞挽著貴大的手臂。

腳邊則是小金。他們不知何時也睡在貴大身邊。

沒什麼，這也稀鬆平常了。小鬼們基本上都喜歡群聚在一起睡覺，娜蒂雅呼呼熟睡在他左手旁邊就是證據之一。

「啊？」

貴大不由得僵硬身體。

無視驚訝的貴大，娜蒂雅睜開眼睛後——

伸伸懶腰，又不知跑到何處去了。

「…………」

被留下的貴大盯著對方的背影好一陣子。

「總之，她就是個像貓的小孩對吧。」

他將無法理解之事強硬用一句話做出總結。

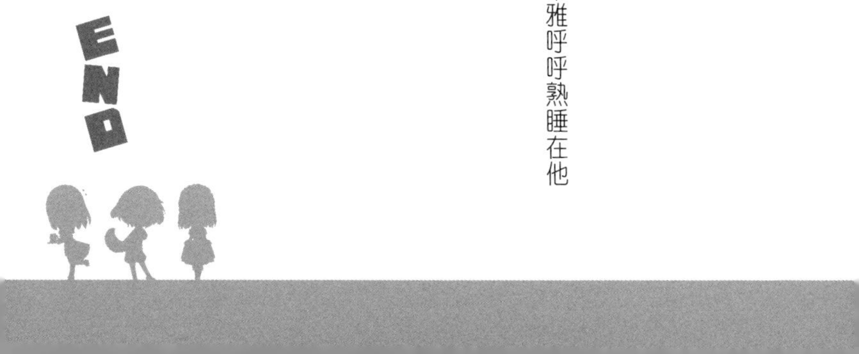

第三章　神劍王子篇

—1—

結果，貴大昨天幾乎沒睡著。

逼迫他生個孩子的優米爾，貴大總算阻止了對方——

但制止她的代價很大。貴大沒有取得足夠的睡眠，只好壓抑著呵欠行走在大街上。

「真是的，偏偏今天要擔任講師。」

其他日子的話說不定能在別的地方午睡，但今天是每星期一次的講師之日。

王立學園的工作的話就不能偷懶請假，貴大百般不願，一大早就出勤了。

「老師～早安～」

「早安，佐山老師。」

「啊～早安啊。」

中學部與高中部的學生們一一向他打招呼。

看來他們也習慣貴大那副邋遢模樣了，也沒特別驚訝，就與他擦身而過。

「老師，你今天看起來很睏呢。呵呵。」

「好久不見，老師！」

「哦～好久不見～」

接下來遇見了他負責班級的學生。

看見貴大的身影，學生們規矩地打招呼，向他敬禮後朝玄關而去。

（還是一樣優雅啊。）

制服換成了冬季款式，所有學生都將儀容打理得整整齊齊。

他一面為此感到佩服，恍惚地目送學生而去——

鐘塔傳出了上課鐘的聲音。

「糟了。」

貴大急急忙忙奔馳起來，跑向學園內的庭園。

他穿越並排的林間道時——

「嗯？」

忽然，側面感受到某種視線。

「…………」

是學園的學生嗎?一名金髮美男子緊盯著貴大瞧。

他就這樣凝視著貴大良久。

「哼。」

然後用鼻子冷哼一聲離去了。

「那傢伙是怎樣啊?」

好像在哪裡看過,又好像沒有。

貴大稍微歪歪頭思考——

他立刻轉換心情,小跑步奔向教職員專用的玄關處。

「哎呀,老師。您今天比平常都來得晚到達教室呢。」

「是法蘭莎啊。」

踏入教室時,法蘭莎向貴大搭話。

這名少女老早就盯上貴大的技能,無論公開或私下場合都抓準機會想和貴大有所接觸。

像這樣的早晨招呼,第一個通常會與她交流。

「您看起來很疲累呢?」

「該怎麼說,疲勞怎樣都沒辦法消除啊。」

因為我家的女僕啊——

對正打算這麼說下去的貴大，法蘭莎表現出一副理解的神情打斷他。

「是啊，您說的沒錯。像老師這樣的人才，想必有很多人想拉攏吧？」

「啊？不對，我不是那個意思。」

「呵呵，您還是一樣謙虛呢。日本國的人和傳聞中一樣，都很內斂。」

法蘭莎說道，遮住嘴角輕笑。

看來她又過度解讀，並且徹底會錯意了。

（就當作是這樣吧。）

他連解釋的力氣都沒有了。

貴大讓法蘭莎繼續會錯意，將通勤包包安置在講桌上。

「好了，那麼，我們開始上課嘍～」

點名完畢後，貴大立即發下資料。

和平常一樣，上午的課程內容是講座。預計講授迷宮與技能的相關知識。

（好啦，上一堂課教了些什麼呢？）

貴大正打算回想的時候——

「打擾了！」

突然有人大聲呼喊，充滿氣勢地打開教室門。

「……啥？」

從敞開的門扇中颯爽登場的——

竟然是今天早上注視著貴大的男子。

他露出唯我獨尊的神情靠近講桌，極為驕傲地昂起下巴。

「弗爾卡大人！」

「為什麼弗爾卡大人會來這裡？」

看來學生們都知道那名男子的身分。

口中紛紛喊出「弗爾卡大人」這個名字，和坐在隔壁的同學相互低語。

不知情的只有貴大一人。只有貴大不明白。他根本不懂對方究竟是何方神聖。

因此貴大不小心……

「呃，你哪位？」

如此問道。

他就這樣問了。

「「「……………………！」」」

「咦？什麼？發生什麼事了？」

不知道為什麼，教室裡的空氣凍結到刺痛的程度。

整個空間裡，只有貴大一人露出不明所以的表情。

莫非他提出了什麼不該問的問題嗎？

「老、老師！這位大人是！」

面對驚慌失措的貴大，法蘭莎急忙開始說明。

然而，金髮男子卻揮手制止。

「沒什麼，無所謂。下賤的平民如果知道我是誰，反而會有損我的名譽。我這次之所以會露臉，也是聽說有個耍小聰明的平民被拱做『難得的人才』而得意忘形，就來親眼見識見識。」

耍小聰明而得意忘形的平民。

（是在說我嗎？）

貴大指指自己。

學生們表現出一副有難言之隱的模樣，別過臉。

一年S班教室內鴉雀無聲。營造出這種坐立難安的氣氛的正是上述那名金髮男子，而能夠打破這股沉默的也只有他本人。他發出喀喀腳步聲走上講台，毅然決然凝視著貴大，開口說道：

「那麼，我就報上自己的名字吧！我是弗爾卡．拉瑟納．波爾特羅斯．德．伊森德！正是榮耀的伊森德王國國王——拉瑟納的第六子！」

這個當下，學生們都離席，單膝跪下行了臣民之禮。

貴大見狀也跟著下跪行禮，深深垂下頭，然而——

（總覺得好像會演變成很麻煩的事。）

他不禁露出相當厭煩的表情。

— 2 —

弗爾卡．拉瑟納．波爾特羅斯．德．伊森德。

那是他的名字。

他身為伊森德國王的第六子，也是前陣子剛滿十五歲，年少的第四王子。再加上同為王立學園的學生，成績優秀，為中學部三年級的首席。

單純只是傳聞的話貴大也聽說過。

中學部有個王子大人就讀。而且那個王子大人擁有凌駕於法蘭莎之上的「力量」。

（這傢伙就是傳聞中的王子大人啊。）

雖看似多少有點令人反感，但他想必擁有相符的力量吧。

貴大抬高視線窺伺格外驕傲的弗爾卡，畏畏縮縮地搭話。

「請問您本次前來有何用意……？」

莫非接連著貴族，他這次被給王族盯上了嗎？

面對不安的貴大，弗爾卡嗤之以鼻地短短「哈」了一聲。

「連這種事都不明白，真不愧是平民。和聞一知十又高貴的我簡直有天壤之別。無妨，過於要求平民也太苛刻了不是嗎？雖非本意，不過我就回答你吧。要好好感謝我喔！」

（嗚哇哇。）

到了這節骨眼，貴大充滿了不好的預感。

看來和他料想的有些不同——

然而仍滿斥著危機的氣息。總之先盡可能捱過這個風浪吧，貴大將頭壓得更低，閉上嘴等待回覆。

「聽好嘍。我可是為了讓你知道自己的分寸，才會特地過來見你。最近父王與兄長，甚至是法蘭莎，他們口中盡是在談論你。當然，我也學會了你教導他人的技能。不過只要理解基本概念，剩下的根本不算什麼。根本是任何人都能學會的方法嘛。你卻像是吊人胃口一樣

大肆展現，霸占在光榮的王立學園的講師職位上！」

弗爾卡右手按住臉，彷彿哀嘆般閉上眼睛，身體向後仰。

每個動作都很像演出來的耶。這樣的王子殿下的話語還沒結束。

「總之，如果你低調謙虛的話我也可以忍耐。但是你上星期請假了對吧？讓講座開了天窗。這可不行，你太怠慢了。」

「那、那是因為！」

他事先聯絡過校方，也獲得許可了。

即使貴大想這麼表達——

「找藉口可不好喔！輕易就能戳破的謊言，我聽了都感到痛苦啊。該不會你的興趣是讓人感到不悅吧？如果不是的話，就別隨便撒謊。」

（給我聽人說話啦！）

雖然如此心想，但面對王族，他不敢反駁。

或許是貴大的沉默又高漲他的氣焰，弗爾卡更加得意，接著說下去。

「我啊，對於像是天狗般自以為是的你……你明白嗎？天狗——那是你出生之地的東方特有的魔物對吧？還是說，不解釋得更簡單你這平民就聽不懂？我想想喔……平民的話，這種時候會用什麼作為比喻呢？」

（咕唔唔唔……！）

「應該是這個詞吧……沒錯，狂妄自大。雖然這詞聽來多少有點高貴，但平民也聽得懂對吧？變得狂妄自大的平民，我認為我得讓他們搞清楚自己的身分啊。」

（唔喔喔喔喔……！）

同樣一件事，就這樣不斷重複表達。

這是講話囉嗦的人的特徵。同時，這也是貴大不擅長應付的人的特徵。

（饒了我吧！）

貴大的挫折感飆升到前所未有的程度。

絲毫沒察覺到此事的弗爾卡，又繼續滑動舌頭絮絮叨叨地說下去。

「因此！今天，高中部S班終於要前往打倒迷宮中層部的BOSS了對吧？就讓我同行吧。」

學生們稍微躁動不安。

其實學生們想將初次挑戰BOSS這件事表現給貴大看看。

因為孤兒院的工作而請假，貴大睽違兩星期才再次來到學園。

這段期間，學生們刻苦勤勉地鍛鍊自我。正是為了讓老師見識他們的成長，才特地配合這個日子來攻略學園迷宮。

王子的提案根本是讓這個計畫付諸流水，學生們因此懷抱著苦悶的心情。

儘管如此，弗爾卡毫無察覺，繼續開始說明他的「妙案」。

「我啊？雖然不是在自滿，但可是擁有凌駕於這間教室裡每個人的『力量』。當然，連你都贏得過。不過，光是這麼說，徒有高高自尊心的平民是無法接受的吧？所以，我就在你的眼前，獨自打倒中層部的ＢＯＳＳ給你看吧。只要看到我戰鬥的英姿，你也會理解自己是個徹徹底底的『井底之蛙』才對。」

弗爾卡語畢，誇耀般地晃了晃掛在腰間的長劍。

他露出自信洋溢的微笑，揮甩披風，走向教室的入口。

「下午我會再過來的。這段期間，那些費盡全力塞進你那粗劣平民腦袋裡的技能，為了不讓它們枯竭，你就盡可能講久～一點又灌水且拖延時間地教導學生吧！哈哈哈！那麼，我失陪了！」

弗爾卡就這樣從開著沒關的教室門離去了。

貴大用著一臉茫然的表情目送他離去——

不久，直到事態告一段落，他終於從口中吐出一句話——

「我要辭掉臨時講師的工作。」

——他如此說道。

「請老師稍等一下！」

「我、我們沒有那種想法！」

「老師是我們國家必要的人才啊！」

「王子他……沒錯，王子他只是思想稍微有點扭曲而已！」

貴大縮起身體抱膝坐在教室角落，學生們包圍他四周，接二連三說出激勵話語。

即使如此，貴大仍然沒抬起頭來，語氣陰暗地否定說道：

「反正我就是像垃圾般的存在啦。」

自我否定的當下，總覺得莫名悲哀了起來。

大概是睡眠不足導致的壓力和情緒不穩也有所影響，貴大開始在教室的地板上畫圈圈。

「嗚哇哇哇哇……？」

學生們見狀更加驚惶了。被稱為資優生的他們，這種情況下究竟該如何是好，彷彿無人能解。

然而，法蘭莎不愧是才女。

她聲音冷靜，笑容溫柔，輕輕攬住貴大的肩膀。

「老師，請不要氣餒。在這個班級——不，在這個學園內輕視老師的，就只有弗爾卡王子一個人而已。」

「真、真的嗎？」

收到樂觀的激勵，貴大稍微振作起來了。

見狀，法蘭莎更加溫柔地微笑，持續道出勉勵的話語。

「那是當然的，我們全都很尊敬老師。老師對這個學園而言，對我們而言，都是無可取代的存在啊。」

「喔、喔喔喔……！」

「啊，不過，克沃爾老師他現在也還在嫌棄『竟然讓區區平民擔任講師』。」

對於說溜嘴的學生亞伯，其他學生趕緊踹飛他讓他閉嘴。

可惜為時已晚，貴大再度沮喪起來——

「反正我這種人……」

先把一個人高高捧上天，再讓對方跌落谷底。

還真是高招技巧。貴大一口氣陷入鬱悶，但法蘭莎仍然沒有亂了陣腳。

「老師，我剛剛說錯了。只有弗爾卡王子和克沃爾老師而已。輕視老師的，就只有那兩個人而已。其他人全都是站在老師這邊的喔。對吧，大家？」

「是的，沒錯！」

「我們都是和老師站在同一陣線的喔！」

學生們一齊頷首。

看來在學園迷宮鍛鍊出來的合作無間相當沒話說。

「是、是這樣喔。」

「當然沒錯。」

得到溫柔話語與溫暖笑容，貴大總算靠著自己的力量重新站起來。

法蘭莎宛如慈母般守候著他。包圍四周的學生們，他們也各個眼神溫柔。

只有亞伯一個人露出像是死魚的眼神捧倒在一旁——

總之，無論如何，貴大終於振作了。接著他向學生詢問有關王子的情報，彼此討論下午究竟該如何是好。

然後，下午的實習課程來臨了。

「未免太慢了。雖然有準時，但可是壓底線喔！不得不說你很怠惰啊。不愧是平民，連游刃有餘的概念都不明白。」

貴大總覺得好不容易癒合的心靈傷口，又被狠狠開了個洞。

「好了，上層部就直接用傳送門跳過吧。能夠展現我實力的，是中層部。」

弗爾卡說完，獨自一人迅速潛進通道門裡。

要是大家現在就這樣直接回去，不知道那個王子會露出什麼樣的表情呢？貴大想嘗試看看，不過有點害怕後果。

「哼哼，終於來了嗎？我還以為你是害怕到夾著尾巴逃跑了呢。」

學生們接續穿越傳送門，在盡頭等待他們的，果然是那個自視甚高的王子。

（最好傳送門系統故障，直接讓他摔到下層部的魔物房間正中央啦。）

貴大這陰沉的祈禱，看來沒有傳達到天上。

「那麼，就開始吧？」

貴大有氣無力地回答。弗爾卡的視線從他身上移開，用手按壓住臉頰，一臉真是拿你沒辦法般地搖搖頭。

這傢伙是不保持那種姿勢就無法說話嗎，到底是怎樣啊。在貴大心存疑問前，王子大人伸手握向腰間的劍。

「你能夠一臉悠閒也只有現在了喔。」

「咦？」

「好了，儘管看清楚吧！被神明選召的，我的『力量』……！」

語畢，王子緩緩從劍鞘中拔出長劍。

接著，配合他的動作，貴大的臉上染上驚愕。

（什麼？那是……！）

劍刃被拔了出來。閃耀出淡綠色光輝，照亮陰暗迷宮的刀身。

是把用象牙與寶石點綴的美麗長劍。這莊嚴肅穆氣息造型的武器，貴大曾經見過。

（那是「神劍維爾傑斯」？）

「神劍維爾傑斯」。

那是連擁有壓倒性等級的貴大也抱持恐懼的——

照理說不該出現在此處的諸神武器。

—3—

有種詞叫做「破壞平衡」。

這是在網路遊戲中所使用的術語，用來形容「擁有足以破壞遊戲平衡的性能」或是「簡直就像是出現ＢＵＧ（破壞平衡）般的性能」這類作弊道具或技能。

惹人厭王子像是炫耀般拿出來的武器，就是那種。

「神劍維爾傑斯」——代表性的破壞遊戲平衡武器。

擁有超高攻擊力。一反武器外觀的輕盈重量。並且——

【必中】（攻擊絕對能夠命中）

【貫通】（無視防禦力、防禦技能）

【光刃波】（無須消費力量，即可任意施放衝擊波）

【神屬性】（所有攻擊均會成為神屬性）

【自動治癒】（自動恢復體力）

擁有這五項技能，簡直就是徹底毀滅遊戲平衡的東西。

尤其是【神屬性】最為棘手。無法減輕攻擊，也會直攻對手的弱點。根本是全面性否定「Another World Online」遊戲性的作弊武器。如此一來，【減輕】、【無效化】這類技能也無法抗衡。因為一旦施放【必中】和【貫通】就萬事休矣了。

而且，這種強力武器是透過「轉蛋」得手——

唉，真是世風日下了。

只要在現實世界裡課金消費，每個人想拿多少把這項武器都可以。只要有心誰都能成為擁有「破壞平衡」之力的玩家。這把劍出現在現實以後——

導致的憾事，就是名為諸神的黃昏的終末戰爭。

「神劍維爾傑斯」的【光刃波】在侵略領地引發的戰場上無盡交錯飛舞，一一破壞人事物們。讓人聯想到世界終結。

當初我也抱持著一半興趣參加這場戰爭，結果開場五分鐘就沐浴了【光刃波】的集中砲火而被轟出戰場。我受好奇心驅使而傻傻在戰場最前線上走晃，土石流般降下的光刃讓即使身為斥侯職種的我也無法完全迴避，就這樣被擊敗。

然後，在陣營後方復活的我所面臨的，是燃燒熱情搶奪陣地的超高級玩家們的辛辣話語。

「斥侯職種別來這裡啦！」

「轉職，給我去轉職！」

「去轉轉蛋，拿維爾傑斯過來！」

「你如果想當標靶，就去別的地方當吧。」

唉唉，那真的是相當悽慘。

然而，正所謂盛者必衰，僅僅一星期神劍就被弱化了。

正確而言是對抗【神屬性】的【魔神屬性】實裝到遊戲裡了。

只要有足以抗衡的屬性攻擊，怎樣都會有辦法，這就是RPG的特性。只能使出屬性攻擊的武器，只要將其減輕、無效化以後，比根檜木棒還不如。

於是「神劍維爾傑斯」就從破壞遊戲平衡武器漸漸降格為普通武器——

然而，為期一星期內，僅僅一把課金武器就支配了「Another World Online」的世界，這是無法抹滅的事實。

這段諷刺的期間，我們玩家於後日稱之為「諸神的黃昏」。

（沒想到，穿越到異世界以後竟然會遭遇這種狀況。）

想起苦澀的回憶，我不禁愁眉苦臉。

雖不明白這副表情被解讀成什麼意思，但名叫弗爾卡的王子殿下一臉洋洋得意，開始炫耀起「神劍維爾傑斯」。

「哼，看來再怎麼低俗的你也知道這把劍的來歷。沒錯，這把劍正是『神劍維爾傑斯』。鼎鼎大名的神劍。」

「是、是喔。」

「哎呀！你露出那種羨慕的表情也沒用喔！這把威力超越想像的劍，唯有被選上的人才有資格揮舞。再怎麼搞錯場合，也不可能會是你這種平民。必須是高貴、受神愛戴，並且擁有相應力量的持有者……沒錯！就是我！弗爾卡．拉瑟納．波爾特羅斯．德．伊森德！」

哼哼哼！弗爾卡發出桀傲不遜的鼻息。

原來如此啊。除了持有者以外無法使用嗎？應該是不可轉讓的意思。

（課金道具不可轉讓，這個世界依然有這個規則啊。）

「Another World Online」裡為了避免紛爭，存在著課金道具不可轉讓給其他玩家的規範。這個異世界裡有著同樣法則，我也無法將手邊的課金道具賣出或交給其他人。

然而竟然可以將其解讀成「除了被選上的人以外無法裝備」，不愧是王族。

不過我還是很在意。來到這個世界以來我是第一次見識到課金道具。究竟是從哪裡拿到的呢？實在不想問那個煩死人的王子，於是我詢問應該很理解這方面實情的大公爵家的千金小姐。

「我問妳，法蘭莎。那把劍是怎麼拿到手的啊？那是神明的武器喔！」

「老師畢竟不是本國出生，不知情也很合理。我國的王室，擁有與道具之神『卡恰波』有所因緣的聖杯。只要將名為神靈結晶的東西納入其中，就會被授予灌注『卡恰波』祝福的道具。」

「這、這樣啊。」

果然是轉蛋啊……

「事先無法得知會被授予怎樣的物品，有可能會得到強力的武器或防具、技能書，也有可能是成山的珍貴金屬與貴重素材。正是所謂——只有神才知道。」

因為是隨機的啊。

會賦予那種王子破壞平衡的武器，完全能理解到那個叫做「卡恰波」的傢伙根本沒在思考。

說起來，說不定那種神明根本就不存在吧？

「妳呢？妳有轉蛋過——啊，不對不對。」

「什麼？」

「該怎麼說呢，妳有使用過聖杯嗎？」

「不，聖杯只有王族才能夠使用。並且，神靈結晶是相當貴重的物品，即使是王族也無法頻繁使用。」

「這樣啊……這樣啊……」

王族才能使用這個規定，大概是騙人的吧。

「Another World Online」裡頭的轉蛋系統確實是呈現聖杯的形狀，當然，任何人都可以使用。

恐怕是這個國家的王族假借「這是神明賦予的神聖之杯。故，只有被神選召的人才有資格使用」之類的言論，藉此獨占吧。

換句話說就是君權神授說的轉蛋版本。

明明沒有打算卻一窺伊森德王國的黑暗面，總覺得心情變很糟。彷彿是要加速我厭煩的情緒般，身為問題癥結點的王族弗爾卡同學把鼻子抬得更高，放話說道：

「有勞妳說明了！果然，費爾迪南家真是王國的第一家臣啊。所有麻煩事都會幫我處理好。雖然由親切的我親自說明也行，可惜，要疏通平民的思維有點困難啊。妳聽，平民光是一個發音都帶有口音嘛。究竟該怎麼開口才有辦法表達出意思，實在成為我煩惱的要因啊。啊啊！可別誤會喔！我可不是在嫌棄法蘭莎小姐品格低下！只是我認為和這個平民有諸多接觸的妳，多少能夠與他溝通而已啦。我絕對不是在瞧不起妳喔！」

「是的，我當然明白呀。」

嗚哇，法蘭莎的超級笑容！

這就是處世之術嗎？必須好好向她學習才行。

「好了，這樣一來你就能明白我的『力量』了吧？這把『神劍維爾傑斯』可是神明賦予我，只屬於我的神劍。我這樣說兄長們的『水晶劍利亞．普立茲姆』或『破碎鎚傑儂』也有點不妥，但是『格調』不同。我就讓你見識見識吧。好了，別脫隊，別跟著我走吧！」

語畢，王子大人很愛演地大力揮甩赤紅色斗篷，闊步朝中層部邁進。明明才剛開始沒多久，但我已經想回家了。

「來，老師，我們要走嘍！」

「法蘭莎。」

「弗爾卡大人是無論如何都想向他人誇示神劍之力的人。只要看他展現一次力量並讚嘆他的話，他就會若無其事地回去了。您想必很生氣，但請忍耐一下。」

「我、我知道了。」

法蘭莎拉著我的手，在我耳邊低語。

總之，如果只有一次的話，我也是能——應該能忍耐……能吧？

我沒自信到一蹋糊塗的地步，不過還是努力看看吧。

於是乎，我和一年S班的學生們，跟在情緒極度高昂的王子身後，步伐蹣跚地開始攻略學園迷宮中層部。

就結論而言，我們一眨眼就抵達了BOSS的房間。

揮舞神劍的王子豪快拋出【光刃波】，俐落砍倒敵人，還相當殷勤地把設置好的陷阱全部發動了，導致我們無事可做。

我環視學生的狀況，大家各個眼神空虛。那也是當然的。憑藉他們的等級，若是不驅使知識、經驗與技能的力量，無法攻略到這個階層。眼前卻有人靠蠻力鎮壓似的突破迷宮，任何人見狀都會露出虛無飄渺的目光。

「呼～呼～怎、怎麼樣啊，我華麗的戰鬥方式？」

因為陷阱和魔物的遠距離攻擊而變得破破爛爛的弗爾卡上氣不接下氣，卻仍用得意洋洋的表情看過來。要說該對這個透過【自動治癒】技能緩慢恢復體力的王子大人講些什麼才好的話——

「哎呀，還真厲害呢。」

總之，該怎麼說，徹底依賴武器到這種地步確實很厲害。

攻擊、防禦，甚至是恢復全都只依靠神劍。只要胡亂揮舞大致上都能成事。

簡直就像是黑猩猩啊。這傢伙到底都在學園裡學了些什麼啊？

「哼哼，如何啊？平時雖然沒到這種密集程度，果然是在警戒我吧，陷阱數量可真是非比尋常啊。然而，這種小伎倆是無法阻止我前進的，各位也見識到了才對。」

啊，肯定是他平常的中學部同儕，會勤勞地繞到前方事先解除陷阱吧。即使如此王子仍知情有陷阱的存在，估計是他以前鋒隊也趕不上的速度橫衝直撞進攻的緣故。

同儕們之後焦慮的表情幾乎要浮上我眼前了。真是可憐。

「好了，總算來到中層部的ＢＯＳＳ房間了。對各位而言雖然有點早，但無須擔憂，這也是學習的一環。好好地欣賞我的戰鬥吧。」

王子說道，打開眼前的巨大門扉。對各位而言有點早？不不不，我可是聽說，其實今天學生們預計要在我面前進行攻略喔。能讓教師感到莫大光榮的驚喜就這樣被毀於一旦，我總感到有點愧疚。

（大家，真是抱歉啊。）

我用眼神謝罪，學生們整齊露出「這也沒辦法」的淡淡微笑。

嗚嗚……多麼乖巧的孩子們啊！

在我們進行心靈交流的期間，門扉看來已經完全被打開了。

喀砰——響徹出笨重的聲響。

接著聽見了輕快的音樂——嗯？

「這是……」

開啟的門扇裡頭，是遼闊的圓形舞台以及包圍舞台的觀眾席。

只是那並不是格鬥場。舞台上滾動著敞開雙臂也無法環抱起來的巨大皮球，並設置著點燃的火圈。天花板高聳到必須抬頭仰望，上頭垂下盪鞦韆，舞台兩側的支柱則牽了吊鋼索用的繩索。

簡直就是馬戲團舞台。

王子與學生們多半是首次抵達這裡，每個人都無法隱藏困惑。

連法蘭莎都忘了警戒，悠悠走向舞台中央。

看見懷念的場景與物品，我一時間也完全鬆懈了。

這裡明明是ＢＯＳＳ的房間。

「咕啊啊啊啊啊～～～～！」

「「「亞伯！」」」

提心吊膽地走在隊伍最後方的亞伯，噴濺出鮮血，倒在地上。

而後，站在他前方的是——

（那是……微笑小丑？）

那是展露嗤笑的小丑系魔物。

—4—

還真是又來了個棘手的傢伙。

小丑系魔物有很多種，但讓人如此作嘔的也只有牠了。

微笑小丑。這傢伙顧名思義笑容滿面，並且掛上突顯笑臉的妝容，體格纖瘦的小丑。特徵是跳舞般的行動方式、高迴避能力，並且會使用附加各種異常狀態的飛刀來折磨玩家。

不過，那些都不構成問題。

這傢伙最使人厭惡的，就是那個笑聲。

躲開玩家的攻擊後，牠就會露出瞧不起人的笑臉。攻擊命中的話，也會發出光是聽聞就令人火冒三丈的笑聲。恢復體力的話會嘲笑你的慎重，陷入異常狀態的話則會因為你的準備不周全而笑到在地上打滾。

那股笑聲，總是能讓與之對峙的玩家脾氣暴躁起來。

被那樣嘲笑後難以保持平常心。多虧這點，微笑小丑的等級雖然只有九十級左右，直到習慣那種笑聲為止，玩家多半會被迫陷入苦戰。

現今，把亞伯給斬殺掉（雖然亞伯只是被傳送回迷宮入口而已）的微笑小丑，也在因為我們的大意鬆懈而放聲高笑，感到害怕的學生們因此陷入恐慌。情勢很不妙。這是典型的全滅走向。

總之先讓他們冷靜下來。我才剛這麼思考，法蘭莎的指示就傳了過來。

「前鋒職種到前面！後衛職種撤退到後方！仔細觀察敵人的動靜，再進行靈活對應！」

該說真不愧是菁英班級嗎？學生們立即振作氣勢，迅速組成隊形。原來如此，先輩固防

禦嗎？面對未知的敵人這是相當基本的對應方式。看來是盤算先重整隊伍，再審視對方會如何出招。

然而，敵人可不會做出那種天真到默不作聲的舉動。

本以為小丑會笑瞇瞇地觀察人們的動靜，牠卻突然靈巧地攀爬到支柱上，開始進行空中盪鞦韆。接著，在盪到最高點時鬆手脫離鞦韆，朝後衛職種的集團一舉躍進！

「呼哈！嗚嘻嘻嘻嘻！」

兩手握住感覺有毒的顏色的小刀，微笑小丑呈一直線飛撲過來。

但是，太慢了。學生們早就找回了平常的冷靜。

「【空氣炸彈】！」

「咻喔喔！嘻，哈哈哈！」

被壓縮的塊狀空氣擊中，小丑像是倒帶般被炸飛回原本的位置。大概是學生當中有人從外觀判斷出敵人的身體輕盈，事先預料到會有這種事態的緣故。非常好的判斷。

「竟然想跨越到紳士淑女的頭頂上，無法原諒這種無禮行為。」

「喝啊啊啊！」

「好了，重新開始吧。」

法蘭莎握緊短杖，朝向小丑。

再次展開對峙的學生們，以及嘻皮笑臉的小丑。

這次他們準備萬全了。如此一來，至少不會被魔物占上風才對。

擾亂心神的笑聲看來也無法敵過大公爵家千金的威嚴吆喝。只要在法蘭莎指揮之下，其他學生們也能安心應戰才對。

好了，機會難得，我就稍微來參觀學習一下吧——

「且慢，諸君！這裡就交給我來解決吧！」

受驚嚇而跌坐在地上的弗爾卡，不知何時又恢復成一副跩樣了。

啊～話說回來，這傢伙有說過他要獨自打倒ＢＯＳＳ啊。

「真是的，不過是區區一介小丑，各位也驚嚇過度了！用不著像這樣過分警戒，明明只要躲在我身後就能保證生命安全啊。不過，我也不是無法理解你們的心情。這魔物對我而言不值得一談，但對各位而言可是種威脅。擺好備戰架式並不可恥啊。」

「呼哈哈哈哈！嘻嘻嘻嘻！」

微笑小丑笑在地上打滾。

你這傢伙真好耶，能夠坦率表現出感情。我也想要對這傢伙一笑置之啊。

不過，總而言之，王子大人都這麼說了。

這裡就交給他吧。我拍擊雙手，向學生們呼喊道。

「那麼，你們就去觀眾席坐著吧。小丑系的魔物不會出手攻擊觀眾席的人類。」

「老師？」

法蘭莎朝我投以疑惑的目光。

我對她的視線點點頭，她才信服地率先移動到觀眾席。

其他學生也隨著她紛紛開始移動，除了王子以外的學生，在設置成圍住馬戲團舞台的觀眾席坐下。

「啊~只有一點注意事項。千萬不要從觀眾席攻擊小丑喔！一旦這麼做了，那傢伙就會【凶暴化】，變得相當棘手。」

以防萬一，我先告知他們。

小丑系的魔物並不會對客人——坐在觀眾席上的人們施展攻擊。

不過，如果由客人主動展開攻擊的話就另當別論了。小丑會憤怒發狂，無以區分地開始大鬧。【凶暴化】的效果雖然會降低其防禦力，但攻擊力與敏捷會飛躍性提昇。如果演變成那樣，這些傢伙想必無法應戰。

為了避免這點我才會提出警告。實際上，抱持著「從觀眾席攻擊的話不就能輕鬆取勝嗎？」這類想法的傢伙抖了一下。你們這些傢伙果然想要這麼做啊。

「做好觀戰的準備了嗎？好好睜開你們的雙眼，仔細將我的英姿烙印在眼底吧。畢竟從現在開始的戰鬥事蹟，可是能讓你們傳頌給後代子子孫孫啊！」

王子說出這句話，一口氣拔出「神劍維爾傑斯」。

見著那道光輝，微笑小丑也進入了備戰狀態。直到剛才都還因嘻笑而湊近舞台大道具調整呼吸的小丑，更加瞇起彎月形狀的眼睛，發出「呵呵，呵呵呵」的笑聲，一邊踏出舞步。

那是微笑小丑打算使出全力的預兆。

投擲飛刀與吊鋼索、踩大球的狀態下高速移動、使用彈翻床來進行大跳躍。小丑變換自如的動作，第一次應戰就能夠看透的人可不多。

好了好了，就如你所說的，好好讓我看看你的表現吧。

這個自我意識過剩的王子大人，究竟會如何攻略微笑小丑呢！

三十分鐘後，宛如泥沼般的戰鬥終於宣告結束。

「你這傢伙！你這傢伙！」

「嘻嘻——？」

瘋狂發射的【光刃波】一發也沒有擊中，反而是小丑的投擲飛刀全部命中。陷入各種異常狀態的王子大人臉色發紫，儘管想使出【必中】攻擊，也始終無法拉近到有效攻擊的距離內。

準備進行必殺一擊的王子大人，以及因為【自動治癒】的緣故而遲遲無法打垮他的小丑。

再這樣下去，相互揭短的醜陋延長戰將會持續——不過總算迎來了轉機。

因為微笑小丑滑了一跤，從小道具上摔下來。

小丑系的魔物即使是在戰鬥過程中也不會忘記展露出滑稽舉動。這些舉動有時候會背叛對峙者的預料，小丑便以此為契機進而握走情勢的主導權，不過看來這次事態則往好的方向發展。

對跌倒的小丑，弗爾卡立刻施展【光刃波】攻擊。

接著，遭受強力攻擊而動作遲鈍的小丑，王子朝對方揮砍無數次。看來他連形象什麼的都不顧了。

「嗚咿，哈哈、哈……」

不久，微笑小丑最後發出無力的笑聲，消失了。

真不愧是神劍，只要被擊中了即使是ＢＯＳＳ都難以招架。

也因為如此，持有人無法善用武器這點反而讓人格外惋惜。

「怎、怎麼樣！看見了吧！」

王子大人得意洋洋地朝這裡看過來。他的臉色仍然發紫。是不是得來個人對他施展一下【狀態復原】啊？

儘管如此，總之，單獨打倒ＢＯＳＳ的事實並沒有變。

至少送他點掌聲吧。

「是啊，真厲害。」

「老師！」

坐在身旁的法蘭莎小聲提醒我。

嗯？為什麼那麼焦急——咦咦？王子的表情很不滿。

王子？糟了，話說回來，那傢伙是王族啊！

「你那有氣無力的話語是什麼意思？簡直就像在訴說，如果是自己的話一定可以表現得更好一樣啊？」

不小心讓王子不高興啦！

難道我應該做到「驚愕地瞪大雙眼，哽咽感動哭泣一面獻出鼓掌聲」的地步嗎？不，那樣好像做過頭了？

不過，那副戰鬥姿態是要我怎麼做出評價啊。

難道說些「你看起來就像猩猩呢」或是「真是美好的臉色發紫呢」就好了嗎？

不妙，除了負面感想以外我想不出其他心得！

「那麼，你就實際做給我看看吧。不過，我是學生，你可是老師。既然如此，就算是面

對BOSS，也用不著拿出武器吧。赤手空拳挑戰吧。」

他說道，明示要我卸下掛在腰間的短刀。

感覺好像說出了很麻煩的話啊。這裡就請同樣握有權力的人來阻止吧。

（拜託妳了，法蘭莎！）

我心想，對大公爵家的千金投向視線，然而——

「…………」

喂，給我等等。那是什麼眼神。

為什麼雙眼在發光？不只有法蘭莎，而是全部的學生都這樣！

「老師？這畢竟是王子的要求。」

如此說道的法蘭莎把我的刀子連同刀鞘拆掉了。

「終於能夠看見老師認真戰鬥的模樣了呢。」

這次是別的學生說話了。連我藏在內口袋裡的預備用小刀都拿走了。

「別這樣嘛別這樣嘛，老師。這也是個好機會。」

「讓我們增廣見聞吧。」

男學生們推了我背後一把。什麼好機會，什麼增廣見聞，那都是你們才有的好處啊！我得不到任何東西！

可是，發慌著急的途中也只能順應他們，我因此站上了舞台中央。

現在的我反而才像個小丑一樣，遭受王子嘲笑。

「哈哈哈，你那狼狽的站姿是怎麼回事？這也算是光榮的王立學園講師嗎？真是的，真懷疑你的素質。」

「王子，請不要太過苛責他。雖然看似充滿破綻，但老師只是在戰場上也保持自然而已。畢竟過度緊張會導致身體的動作變得笨拙。」

法蘭莎告誡王子。

被、被誤會成這樣。我只是單純感到無力而已——

「唔，那、那種道理我當然知道！不過啊，在我看來還是一樣充滿破綻！可不是放鬆心情就好！」

「咿嘻，咿嘻嘻嘻嘻。」

對話過程中，重生的微笑小丑一邊耍著雜技表演一邊現身了。那個令人火大的笑聲，對現在的我而言相當難熬。

「好了，戰鬥吧！你可別讓我看到狼狽淒慘的模樣喔！」

再加上王子尖銳的高叫聲。我的耳朵嗡嗡作響。

儘管如此，要忍耐，我必須忍耐。與王族產生紛爭的話會很不妙！

「咻！呀啊啊！」

我抱頭苦思時，微笑小丑投擲了飛刀過來。

可惡……不過，這種攻擊就算不靠【緊急迴避】也能躲過。

我咻地側身，閃過三把飛刀。

「嘖。看來只有速度挺快的嘛。」

這樣也不行嗎？我躲過攻擊反而讓他不開心了？

啊啊啊，麻煩死了！

「呼呵，呵呵呵嘻！」

這次小丑投擲飛刀，同時衝過來。

這應該可行吧？我好歹也是實際演練課程的講師——咚，我一腳直踢把小丑稍微踹飛，拉遠距離。

「「「喔喔……！」」」

學生們發出感嘆之聲。

聽見這聲音的王子咬緊牙齒，彰顯出不滿。

「唔……什、什麼啊，不過是那軟趴趴的一腳命中而已，少露出得意的表情！那種程度的技巧，我也辦得到！」

躲過攻擊也會被瞧不起。

攻擊命中也會被瞧不起。

啊，原來如此。王子大人是希望我七零八落地慘敗啊。目睹我的狼狽姿態來排解鬱悶，這才是他的目的。

…………唉。

…………夠了。就輸給他看吧。

承受一定攻擊後刻意被打飛，悽慘落魄地逃跑吧。如此一來王子也會心滿意足才對。說不定法蘭莎他們還會對我徹底失望，把我趕出學園也不一定。

嗯，這樣就好。

最近雖然開始認為指導熱心勤勉的學生們很有趣，但如果得遭受這種對待，不如結束也好。做出此決定的我——也不躲開高速逼近的踩大球，乖乖承受攻擊。

（【大跳躍】。）

我小聲發動技能，主動被撞飛到後方。

頭部接著激烈撞擊馬戲團舞台的圍牆，我表現出崩潰倒地的癱軟模樣。

「老師！」

「老師——！起來，請快點起來！」

「魔物靠過來了！請站起來！」

學生們的慘叫與激勵聲傳入耳裡。

（抱歉啊，我是個差勁的老師。其實我並不討厭你們啊。）

然而，看來我無法忍受那個王子。如果今後還要繼續擔任講師的話，對方想必會再三過來找碴吧。光是經歷今天的紛爭我就已經明白了。

自己的心理素質之弱小到無法忍受這種狀況，我陷入了輕度自我厭惡。

我果然不是當老師的料啊——

「嘻嘻！嘻、嘻咿嘻嘻嘻嘻咿嘻嘻嘻♪」

「哈、哈哈哈！果然！果然很弱！」

從後方可以聽見小丑的笑聲正在逼近。

笑聲開始與笨蛋王子的嘲笑聲重疊。混合交疊的兩種笑聲和觸怒人類神經的噪音沒兩樣。令人煩躁。

「嘻嘻、嘻嘻、嘻嘻嘻嘻嘻！」

「多麼狼狽的模樣啊！哈哈、哈哈哈哈哈！」

抹消學生們的呼喊，宛如不知會延續到何方的大笑聲。瞧不起人、藐視他人、咯咯恥笑的惡劣聲音。

而後，笑聲才剛停止，又接著大放厥詞。

「看，這樣一來各位也明白了吧！你們高捧成老師的男人，不過對上中層部的魔物就成了這副慘狀！扒開他的皮他就原形畢露啦！」

小丑彷彿插入這個空檔般放聲爆笑。

「嗚哈！嘻嘻嘻嘻嘻！」

「哈哈！哈哈、哈哈、哈哈哈哈哈！」

「嘻——嘻嘻嘻！嘻嘻——！」

「啊哈！哈哈！哈哈哈哈哈哈哈！」

「嗚咿——嘻嘻！嘻嘻！嘻——！」

「哈————哈哈哈哈哈哈哈！」

「「哇哈哈哈哈哈哈哈哈哈哈哈哈哈哈！」」

「啊～可惡～在那邊笑來笑去笑來笑去，囉哩囉嗦地吵死人了啊啊啊啊啊啊！」

我已經忍耐到極限了！

躺倒的我站起身來，用盡全力痛揍微笑小丑！

接著微笑小丑發出「砰！」的含糊聲音，像是橫貫馬戲團舞台般被打飛出去。接著立刻撞上圍牆彈跳起來，狠狠撞擊觀眾席，摔個粉身碎骨後湮滅了。嗯嗯～真是爽快！

「啊～暢快多了！」

真是不錯的一拳。應該有出現爆擊。

成功使出爽快必殺技的我伸伸懶腰——

「…………嗯？」

中層部ＢＯＳＳ房間一片鴉雀無聲。

聒噪到離譜的微笑小丑已經不在了。

每當張開嘴就只會挖苦人的王子大人，如今也用呆傻的表情看向我。

其他學生也是如此，瞠大眼珠凝視著我。

到了這種節骨眼，我終於會意到自己幹了什麼好事。

（啊……搞砸了……）

將等級九十級的ＢＯＳＳ魔物，幾乎一擊粉碎。

即使是那個法蘭莎，甚至是英雄艾露緹，光靠空手也無法辦到。

一滴冰冷汗水彷彿撫摸我的背脊般，流淌而下。

—5—

我感到焦躁。

徒手，而且還是一擊就把那個微笑小丑給粉碎了。

在王子與學生目睹的當下，使用了等級兩百五十級的力量。

以這個世界為基準來說的話，我讓他們看見了足以匹敵勇者的力量。

（慘了。）

我想不到這以外的話。

為了避開各種麻煩事，我明明隱藏真實等級一路活過來——

但我卻搞砸了。犯下相當不得了的事。偏偏還是在王公貴族眼前，特地披露等級兩百五十級的力量。

（已、已經撐不住了。）

身體無力，膝蓋一癱跪到地板上。

我的腦海裡鮮明地浮現出「以超高等級為理由，被偉大權貴們逼迫做牛做馬的自己」的畫面。曾經，我認識的人也遭遇了這種下場。一想到自己也得面臨這種境遇，我就停止不了

顫抖。

畢竟有句話表示人類只要是有用之物，就算是雙親都會使喚。如果對方擁有實力的話就更符合這句話了，只因為懷有力量，就會被強硬搪塞一堆麻煩事。會被說「你明明有力量，如果不對這個國家、這個社會，甚至是這個世界有所貢獻的話太奇怪了！」啊。我明明根本就沒有這種義務，人類對便於利用的人真的毫不留情。

（來了。）

學生們湊過來了。

他們也屬於使喚人的那方。想必絕對不會放過我。

格蘭菲利亞是個適合居住的城市——但是，這下也只能連夜潛逃了吧。

（一切都結束了……）

我終於連兩手都貼地，精疲力盡地垂下頭。

幾乎形同於說出「我們終於等到你使用力量了」般，法蘭莎奔向我身旁。

「不好了！【治癒】！」

淡淡乳白色的光芒將我包裹。

是恢復魔法【治癒】的特效光芒。

「…………啥？」

預料之外的事態，使我的腦袋與身體都為之僵硬。

面對這樣的我，法蘭莎以外的學生們也開始施展【治癒】。

「【治癒】！老師，振作點啊！」

「【治癒】！這樣應該就……！」

「【治癒】！老師，沒事吧？」

來自魔法職種學生們的多重【治癒】。

接受成群的白色光芒，我緩緩站起來。

（咦？……咦？為什麼要使用【治癒】？）

不明所以的我總之先站起來看看，卻仍舊搞不清楚任何狀況。

法蘭莎他們究竟有何用意，在思考著什麼，我絲毫搞不懂。

明明是這樣，學生們卻一臉欣喜地包圍我，說出了這些話。

「太好了！老師，您終於恢復了呢！」

「真是的，嚇出我們一身冷汗。」

「老師，還有沒有地方會痛？」

就算被問有沒有地方痛，我也感到困惑。

我雖為了裝作戰敗而承受微笑小丑的大絕招，但那傢伙是比起攻擊力更重視敏捷性的魔

物。而且還是承受低於自己一百級以上的傢伙的攻擊，當然不會受到損傷。

明明是這樣，但是為什麼——？

「老師，真是千鈞一髮呢！」

「啊，喔喔，嗯。」

聽見擔心我的話語，我恍惚地點點頭。

看著這樣的我，法蘭莎蹙起眉梢。

「意識看來還很朦朧呢。這也難怪。像剛才那樣用頭部強力撞擊對方，之後又馬上使出捨身攻擊，當然會變成這樣。」

「是啊……什麼？」

捨身攻擊？

聽見這出乎預料的單字，我不禁開口追問。

法蘭莎見狀，露出更為擔憂的神情。

「您的意識開始混濁了吧？果然捨身攻擊的反作用力之大，和傳聞中一樣。」

「捨身攻擊……」

這個單字本身，我有印象。

就像是【自爆】和【無防禦擒抱】這類，以消耗自己的體力或性命為代價所發動的技能。

不過，為什麼會在這裡提到這個技能呢？

我思考著理由良久——而後，想到了某件事。

（該不會，這些傢伙……誤會了？以為我使用了捨身攻擊。）

仔細推敲的話，比起「這是超高等級所隨便使用的普通攻擊喔」，「使用了以消耗體力為代價才能發動的強力技能喔」這個理由還比較具有現實性。

（這個國家裡能夠一擊打倒微笑小丑的，大概也只有庫林格了吧。）

說不定騎士團團長也能辦到——

總之，普通人是不可能的。使用強力技能的說法比較有信服力。

法蘭莎他們多半也是這麼想的吧。剛才的【治癒】大合唱就是不可動搖的證據。因為脫力感而雙手雙腳癱倒的我，他們則誤會成是捨身攻擊的代價而陷入瀕死。若他們察覺到我的等級是兩百五十級，大概不會做出這種事。

我察覺到這個原因時，法蘭莎溫柔地向我搭話。

「老師。老師您為什麼不惜使用捨身攻擊也要打倒ＢＯＳＳ，我知道理由了喔。」

「咦？」

本以為疑問消除了，卻又湧現出新的謎團。

追根究柢我根本就沒有使用捨身攻擊，哪可能會有什麼理由——

法蘭莎卻展現出頓悟般的表情，不知為何望向觀眾席，接著朝向至今仍錯愕不已的王子發出銳利的呼喊。

「弗爾卡大人！弗爾卡大人，老師為何不惜讓自己受傷也要施展那種強力技能，您明白理由嗎！」

弗爾卡聽見聲音後終於回過神來。

原本以為王子大人只會斜視我一眼，他卻皺起臉，吐出混雜著挖苦的話語。

「哼！那是因為如果不這麼做他就無法打倒ＢＯＳＳ不是嗎？真是不得不說他無能。如果不是這樣的話，他就只是個想出風頭的傢伙而已。」

王子將自己方才的事置之不理，吐出憎惡的話語。

法蘭莎嚴厲地瞪視那樣的王子一眼，用蘊含激烈情感的聲音說道：

「並不是！老師是想以身作則教導我們不要依靠武器，展現出『身為一個人的強悍』！想必王子也明白吧，那樣強力的技能是只有接受嚴酷的修練才有辦法學習到。並且，渾身解數的那招技能甚至超越了神劍的一擊。您明白嗎？光靠人的身體也能達到這種程度，老師將這點證明給我們看了！」

「唔唔……！」

確實就算是「神劍維爾傑斯」，也得揮砍無數次才有辦法擊倒微笑小丑。

被指謫出這點的王子支吾不語。

法蘭莎以認真的眼神，繼續滔滔不絕說道：

「王子太過依靠神劍了。這些日子都沒有妥善修行，只像是炫耀給旁人看般揮舞神劍提昇等級，再把這行為稱作是修練。我也有聽說，您妹妹——公主大人學會的技能數量，早就超越您了。」

「妳！太無禮了！給我閉嘴！」

到了這節骨眼，弗爾卡開始以對王族失禮這點反駁對方。

可是法蘭莎仍然沒有停止。

「不，我不會住嘴。多虧有老師挺身而出，我終於意識到自己至今為止錯得離譜。我總是心想著王子總有一天也會察覺身為王族的使命與責任感，但今天目睹您對老師的態度以後，我更加確信了。如果身邊沒有人糾正您，您就會自甘墮落下去。正因如此，我才會更加對您呈上規勸。願您能回歸王族風範該有的正道。」

法蘭莎筆直對上弗爾卡的眼睛。

彷彿要揮開那幾乎快貫穿他的視線般，王子激昂地站起。

「閉嘴！閉嘴閉嘴！我可是被神劍選上的人喔！是受神明選召之子！根本不需要像凡人那樣努力！」

「即使是被神劍選上，那也不代表王子您自己也是神。您仍舊是只要不鍛鍊自我就無法強悍，擁有脆弱肉體的人類。」

「妳是指等級嗎？前陣子，我已經提昇到九十級了！按照這個步調，馬上就能超越妳！我可沒有必要被妳說長道短！」

「不，我並不是指等級的事情。剛才也說過了，是有關『身為人該有的堅強』。那並不是光依靠武器就能學習到。」

「妳是想說只要沒有神劍，我就什麼也辦不到嗎！」

「是的。您再這樣下去，確實就是如此。」

怒濤般的針鋒相對持續良久，此刻，總算迎來了寂靜。

聽聞法蘭莎的斷言，弗爾卡漲紅著臉，仍打算做些什麼反駁。

然而，可能是他找不到適當的話語，嘴巴開開合合，身體顫巍巍顫抖——

「哼！別仗著妳是大公爵家的獨生女就恣意妄為，給我記住！總有一天妳會因為自己的蠻橫而後悔！」

王子最後留下這句話，轉身離開。

法蘭莎凝視著弗爾卡走遠的方向良久，目送他離去。

「離開了嗎？希望這能夠成為王子改過自新的契機就是了……」

她低聲呢喃。

「法蘭莎大人！我的內心覺得很痛快！」

「您說出的正是我們想說的話！」

「對於王子的傲慢，所有人都抱持著危機感。法蘭莎大人的斥責想必可以將他導回正軌呢。」

不久，事態也穩定下來，學生們高聲四起。

學生們包圍住法蘭莎，紛紛開口讚嘆。然而，被稱讚的本人卻緩緩搖搖頭。

「能得到大家的稱讚我很高興，但這也多虧有老師的行動。要是沒有那招捨身攻擊，我說出的話恐怕也沒有說服力。」

「喔喔，的確是這樣！」

「這都多虧老師和法蘭莎大人的力量，對吧？」

至今為止都被放置不管的我突然被盯著瞧，我不禁抖了下身子。

怎麼了……這個展開是怎麼回事……

與真相天差地遠的超展開，讓我的腦袋跟不上。

「但是，法蘭莎大人也有點少根筋呢。在這設有保護機制的學園迷宮裡，還是慌慌張張地對老師施展了【治癒】。」

「真是的！大家不也臉色發白，一起對老師使出【治癒】了不是嗎？」

「這樣一講覺得好害羞啊。」

「的確！」

「「「哈哈哈哈哈哈哈哈哈哈！」」」

他們甚至相談甚歡了起來——

還洋溢出事件告一段落的氣氛——

唉，或許真的告一段落了。儘管當中有誤會，但只要他們這麼認為，也不會有人對我投以懷疑的目光了吧。

嗯嗯，法蘭莎的過度解讀，有時候也能派上用場嘛。

這樣就萬事解決了，圓滿落幕。我也能夠再度回歸日常。

「可是，既然有那樣的技能，務必要請老師教導我們才對吧？」

（糟糕！結果來這招喔！）

貴族大人果然不容小覷。

明明才剛結束和王子的糾紛，現在就打算向我學習技能。

不過，根本沒有那種技能。哪可能存在那種捨身攻擊。

困擾於回答的我這麼說道——

「聽我說喔，那招啊，是一子相傳的技能，沒辦法教導其他——」

「果然！我就想說那是很厲害的技能！」

「嗯，所以說，沒辦法教——」

「實在太卓越了。老師果然厲害。」

「那個——」

「一子相傳的捨身攻擊，能夠成功施展技能的老師，肯定懷有令人瞠目結舌的強大力量。這無疑是所謂的『身為人該有的堅強』對吧，呵呵呵。」

就算打算矇騙他們，露出尊敬目光的學生們也只是徒增眼睛裡的光芒。

被閃閃發亮的視線給團團包圍，我已經，我已經——！

（隨便怎樣都好啦～！）

我停止思考，除了乾笑以外無能為力。

幕間劇「在那之後的王子」

（該死的，該死的～！）

找貴大麻煩，結果反遭回擊的那天下課後。

伊森德王國的王子弗爾卡，再度進入了學園迷宮。

（什麼捨身攻擊啊，什麼身為人該有的堅強啊！）

占據他心胸的，只有沸騰的憤怒與不滿。

那群圍繞在貴大身邊稱讚他的學生們。光是回想起那情景，怒意就幾乎要使他發狂。

（我也打倒了啊！我可是也擊敗了微笑小丑！）

明明如此，為什麼被稱讚的只有貴大？

為什麼大家會對他投以毫無虛假的笑容，像那樣讚賞他？

（該被讚賞的應該是我才對！我可是王族！而且還是被神選上的存在！）

無與倫比的神器「神劍維爾傑斯」。

能夠操縱此劍的只有弗爾卡一人。

（沒錯！我可是被傳授了貨真價實的神之力！）

從誕生的那一刻起，他就獲得神明的選召。

得到神之力，也能隨心所欲地操縱。

然而卻被法蘭莎要求學習「身為人該有的堅強」？

（身為人該有的堅強？握有神劍，被選為領導者的我，怎麼可能不比一般人優秀！）

為了證明這點，弗爾卡再次站上馬戲團舞台。

「喔呵、喔呵呵呵呵呵……♪」

「哼，現身了嗎？」

頂著令人不快的笑瞇瞇表情，小丑隨著令人厭惡的笑聲一起顯現出姿態。

是中層部的BOSS，微笑小丑。

（雖然剛才的戰鬥有點難纏。）

不過，結果這傢伙還是敗給了自己。

如今已經揭開了牠的伎倆，也知道牠會使出什麼招數。

「嘻、咿嘻嘻嘻。」

一面嘻笑一面取出小刀的微笑小丑。

果然是要投擲飛刀，還是會直接飛撲過來呢？

（真是的，平庸又無趣。）

看到這預料之內的行動，弗爾卡用鼻子哼笑。

充其量不過是下等魔物。這點程度，就算兩手空空也能輕易擊倒。

「好了，放馬過來吧！」

「呵呵呵！」

「我早就完全看穿你的攻擊了！」

於是戰鬥一觸即發──

接著花不了多少時間，弗爾卡就被強制回歸了。

回過神來，弗爾卡就站在學園迷宮的入口。

在迷宮裡被打倒的人們都會被傳送到這裡。被魔物擊敗，或是誤觸陷阱、遭受巨大損傷的負傷者就會自動回歸到這個場所。

他總是輕蔑看待的場所。如今──他自己就佇立在這裡。

會意到這個事實的瞬間，弗爾卡的心靈迸出裂痕。

「唔唔，咕，嗚嗚……！」

至今為止他都充耳不聞的某種聲音終於從心靈裂痕裡洩漏了出來。

王子大人。王子大人。持有神劍的王子大人。

只要沒有神劍就一無是處的王子大人。

可悲又懦弱的，神劍的「附帶品」。

（不對！才不是！）

其實才不是這樣！

他真的就算沒有神劍，也能夠打敗那種程度的小丑！

然而沒有神劍，事實上，他什麼也做不到。

只要承認這件事的話——

要是，承認的話——！

「呼嗚，唔唔唔唔唔……！」

即使摀住嘴仍無法抑制嗚咽聲。

宛如要封殺這股意念般，弗爾卡咬緊牙關，將身體蜷縮成一團。

被揶揄為神劍的附帶品，而事實上，的確是全數依靠神劍的王子。

他以此事件為契機，今後確實逐漸茁壯成長——

想當然耳，那又是另一段故事了。

第四章　逃亡篇

—1—

「唔喔喔……好累……」

夕陽完全沉沒的中級區街道，一個男人行走在其中。

他的頭髮一向散亂邋遢，感覺想睡的雙眼也一如往常。

然而，此刻的他——佐山貴大，滲透出蔓延全身的疲憊感。

「為什麼非得要工作到這種地步不可啊！」

從早上開始先帶狗狗去散步，結束後就去各地配送信件。

中午在「滿腹亭」甩動炒鍋，接下來到下級區的工坊進行石材加工。

總之，這些都是習以為常的勞動。

這點程度的話貴大還勉強能忍受。

儘管如此，最近又增加不少來自貴族的委託案。

難得大家都已經把焦點轉移到天才學者埃爾身上了——

他卻不小心展現出實力，於是再度開始面臨學生們的猛攻。

（那次真的是失敗了啊……）

再怎麼後悔也於事無補。

已經上升的注目度無法降下。

最後，貴大被與自己有所關聯的貴族們耍得團團轉，最近幾乎沒有私人時間可言。除此之外萬事通的評價還因此提昇，最近還出現「聽說這裡是貴族們愛用的店舖，真的嗎？」的傳聞，突如其來的委託數量更是增加——

「我已經不想工作了……受夠了啊啊啊！」

再這樣下去會過勞死。貴大心想。

他只想要懶散悠閒。不想為了工作而生活。

然而工作卻不斷託付過來，優米爾則一個接一個地將工作堆積成山。生意興隆讓她看起來很高興的樣子，貴大卻一點也不這麼希望。

「至少讓我再多休息一點吧啊啊啊！」

「自由人生」採週休一日。

除了年初年末與節日等特殊日子以外沒有休息。

但是明明這麼忙碌。他多麼想要與之相衡的休假。

用不著一個月這麼多，十天的話——

不，兩星期——不不不，二十天的話——

「三星期左右好了。」

完全陷入了廢柴人類的思考。

不過，他毫無自覺，始終碎碎念地開始發起牢騷。

「唉唉，好想逃跑。」

逃離工作，逃離忙碌的日常。

真想拋下一切，到某個遙遠的地方去旅行一次。

沒錯，就像從前那樣，到各個國家巡禮。

（那時候真快樂啊。）

與志同道合的「三個」同伴，自由自在，漫無目的的旅程。

那段時光如此自在，能夠自由做任何事情。在無限廣大的天空下，憑藉自己的雙腳前往任何地方。他那時體驗到了那種暢快。

但是為什麼，會變成現在這樣呢？

在城牆圍住的街道裡，水洩不通的都會裡，滿是束縛，不斷勞動的每一天。

明天也要工作，後天也要工作，下星期也要工作，下個月也要工作——

「我果然還是不要啊啊啊啊啊啊啊！」

絕望的未來預想圖浮上腦際，貴大放聲嘶吼。

一股強勁的衝動同時間湧現而上。

好想逃跑！好想逃跑！好想逃跑！

（沒錯，只要逃跑就行了！）

為什麼他至今為止不這麼做呢？

佐山貴大是「自由人生」的貴大。

追求自由有什麼不好。為了自由而奔馳有什麼不好。

「要逃了喔！我要逃走了喔！」

既然已經下定決心，事不宜遲。

他不回去近在眼前的自家，取而代之，在郵筒裡留了張紙條。

「唔喔喔喔喔喔喔喔喔喔喔！」

貴大衝出去了。

為追求自由，飛奔到城鎮之外。

使用【推進】加速，使用【大跳躍】跳到高處，以肉眼無法視及的速度飛越城牆，拚命

奔走出街道——

不久，他消失在一座不知名的森林之中。

—2—

「這裡……是哪裡？」

回過神來，他置身在森林中。

方才明明還是夜晚，如今天空卻升起了太陽。

除此之外還很溫暖，四處可見蝴蝶與小鳥的蹤影。

現在明明是冬天。究竟發生了什麼事呢？

「傳送陷阱？如果是的話，情況感覺很奇怪啊。」

不明所以的貴大為了能夠對應任何突發狀況，保持警戒——

「啾啾。」

「嗶啾嗶啾。」

「唧唧唧唧。」

森林裡充斥的氣氛，和平到保持備戰姿勢的他顯得愚蠢。

「到底是怎樣啊？」

腳邊有兔子在覓食青草。

樹叢裡小鹿蹦蹦跳跳了出來。

接著小鳥停在肩上，樹木之間有妖精在漫舞。

「等等，妖精？」

貴大大聲呼喊的緣故，小動物們驚訝地跑走了。

取而代之，妖精湊近過來，興致勃勃地觀察他。

「咦咦～？你在這個地方做什麼呢～？」

「哎呀，迷路了嗎，人類先生？」

「呵呵呵……怎麼啦？那副呆呆的表情？」

啞口無言的貴大眼前，三隻妖精輕飄飄地浮在空中。

約二十公分左右的身體、嫩草色的服裝，以及從背後生長而出的兩對透明翅膀。

「真、真的是妖精嗎？」

他不知不覺就吐出了這個疑問。

那也當然。畢竟貴大打從出生以來是首次目睹妖精。

即使來到這個劍與魔法的世界「亞斯」，他也從未見過如此幻想風格的生物。前陣子，埃爾雖告訴他有這種生物的存在，他仍半信半疑。

沒想到，竟然實際存在著——

妖精對困惑的貴大說道：

「沒錯喲，我們是住在這座森林裡的妖精。呵呵。」

其中身高最高的妖精，還胡鬧地在空中轉了一圈。

「不行啦，姊姊。人類先生會嚇到的。」

身高中等的妖精，在空中保持站姿。

「你好呀～人類先生。你在這裡散步嗎～？」

最嬌小的妖精一下飛舞到那兒，一下又飛舞到這兒。

仔細一看，她們的眼睛顏色和髮色都相同。是姊妹嗎？

面對擁有淡金色髮絲，以及綠草色眼眸的妖精們，貴大吞吞吐吐回應。

「妳們是……？」

貴大至今仍無法好好領悟事實。

妖精們在他身邊飛舞，毫無顧慮地對他投以觀察的視線。

她們持續觀察了一陣子，終於聚集在貴大面前，展露出親切的表情。

「我？我叫做菲雅。」

「我是皮克。」

「人家是妮絲。請多多指教喲～」

妮絲的招呼聲結束的同時，位於兩側的妖精倉促地拉近距離。

是打算做什麼嗎？在呆愣的貴大眼前，她們——

「「「一二三……我們是妖精三姊妹！」」」

噹噹！

彷彿可以聽聞這類音效般，她們氣勢如虹地擺出姿勢。

「……………」

「「……………」」

森林迎接了寂靜。

「……………」

「「……………」」

所有人都不發一語。毫無動靜。彷彿雕像般僵硬在那不動。

「……………」

「「「……………」」」

好安靜。安靜到無所適從——

「啊～！真是的！到底是誰啦！提議要做出這種自我介紹的！」

既然是三姊妹，那這女孩就是長女嗎？

名為菲雅，看似最大的妖精臉頰染紅，開始發慌起來。

「是姊姊。那是姊姊先提案的。」

皮克立刻吐嘈。

仔細一看，她的臉頰也稍稍漲紅。

「咦～人家覺得很帥氣呀～噹噹！」

只有最為嬌小的妮絲沾沾自喜。

哼哼！妖精們發出鼻息，用小小的身體再次擺出姿勢。

「下次要表現得更加時髦喔！」

「等等！應該要先檢討這個姿勢到底有沒有必要。」

「有必要啦～噹噹！噹噹——！」

貴大又被放置在一旁不管了。

三姊妹們擅自七嘴八舌，四處東飛西舞。

結果，直到能夠聽她們好好說話，已經是好一段時間以後的事了。

「『妖精花園』？」

「是的，沒錯。這裡是『妖精花園』。妖精所居住的樂園。」

結束怪異的自我介紹後，貴大從看來挺知性的皮克那裡釐清狀況。

她們三姊妹的事情、這個場所的事情，以及自己所引起的現象。

「咦？我可沒有來到這個地方的印象喔？」

沒錯。貴大雖然走入森林，但他沒有打算來這個樂園。

說起來，王都近郊有這種地方嗎？

貴大歪歪頭，菲雅則一臉明瞭地解釋。

「那是因為呀，這個空間破了一個洞。你應該是不小心從破洞裡闖進來了。也有幾個像你這樣誤闖的人。」

「空間？洞穴？換句話說，這裡是別的次元之類的？」

「沒錯沒錯，就是那種感覺。這裡是小小的樂園。」

「真的假的啊……我回得去嗎？」

「沒問題，沒問題！洞口一星期會開啟一次，能夠從那裡回去喲。」

「一星期啊。」

貴大環抱雙手，陷入思考。

一星期。要是這段期間讓優米爾一個人在家，她一定會擔心吧。

儘管他是出自衝動而逃離現況，但可沒打算不管家裡啊。

至少想聯絡一下優米爾，無奈這個距離無法透過【呼叫】傳遞聲音。

「嗯嗯～」

況且他也很擔心自己的安危。

這裡是妖精樂園，究竟是否存在著人類的食物？

道具欄位裡存放的頂多只有點心和調味料，以及辛香料而已——

沒有攜帶可充當主食的食物。能否撐過一星期，他稍微感到不安。

「很難熬啊。」

妮絲沒有漏聽他的喃喃。

有別於軟綿綿的言行舉止，她說不定是個擅於察言觀色的孩子。

「什麼很難熬？」

「不，我是想說這裡好像沒什麼食物。」

「「「？？？」」」

三姊妹露出不可思議的表情。

說不定，妖精本身就沒有從事覓食行為的必要。

「食物啊。像是米飯和麵包或肉類之類的。對人類而言是必要的。」

貴大開始告訴她們食物為何。

接著妖精們用手遮住嘴巴，像是覺得好笑地笑了。

「「「呵呵呵呵呵。」」」

「怎、怎麼啦？我說了什麼奇怪的話嗎？」

這麼詢問後，妖精三姊妹更是笑得將身體彎成了く字型。

連知性的皮克也笑了，妮絲更是笑過頭差點摔到地面。

「「「呵呵，呼哈哈哈。」」」

「到底是怎樣啦？」

貴大因為妖精們的反應滿臉納悶。

菲雅向這樣的他，手指指向前方做出解釋。

「呵呵、呵呵呵。我說，人類先生？請你用手撥開眼前的樹叢，仔細瞧瞧吧。」

「咦咦？」

不明所以，貴大還是坦率地照做。

撥開茂密蓊鬱的草木，眺向樹叢後方的景色。

而後，那裡——

有著綠苔生長，湧出清泉的岩壁。

岩壁下拓展開來，不知延伸到何方的清澄小池塘。

池塘周圍則是豔麗綻放的各種花朵。

蝴蝶成群飛舞。

結滿的圓潤果實。

切切實實，與妖精花園之名相稱的樂園景致擴展了開來。

「喔喔……！」

從未想像過的光景，令貴大不禁發出了感嘆之聲。

妖精三姊妹跳躍到他前方，敞開雙手說道：

「「「歡迎來到『妖精花園』！」」」

於是乎，貴大的新生活開始了。

逃離庸碌的日子，隔絕世俗，在樂園度過的一星期。

他本以為這能夠帶給他安詳與療癒——

「那個人類，是睽違已久的獵物呢。」

「真是太棒了。充滿著前所未見的魔素。」

「咦～？那麼，可以好好享受嘍～」

「是呀。」

「「「呼呵呵呵呵呵……」」」

—3—

「妖精花園」。

那是由不曾枯萎凋零的花朵所妝點的夢幻庭園。

沒有紛爭，不存在飢餓與乾渴，一座完美完全的烏托邦。

然而，這裡並非樂園。

「妖精花園」——

別名又為「淨化的監獄」。

這裡是囚禁墮落之人的，禁忌的箱子——

「「「第二十三回！妖精會議～！」」」

位於妖精庭園某處的樹洞之中。

在這宛如由天然素材製成的娃娃屋，又或者是像小小樹屋模型般的場所裡，三姊妹發出呼喊。

「哈～嘿咻。」

宣布開始進行妖精會議後，妖精三姊妹坐上香菇。

並且朝安置在桌上的花朵伸出手，啾啾地吸取花蜜。

享受甘甜蜜汁一段時間後，長女菲雅徐徐開啟話題。

「好啦～那麼要怎麼讓這次的人類墮落？」

聽聞此話，優雅地用花瓣擦拭嘴巴的皮克提案。

「讓他吸入妖精粉末如何呢？只要這樣就能收工了。」

確實是合理的行事方式。如此一來也能達成她們的目的才對。

然而妮絲卻鼓起臉頰，發出不滿的聲音。

「咦～？等好好玩弄他一陣子以後再這樣做啦！反正就算放著他不管，他的腦袋也會變得黏呼呼的～」

「淨化的監獄」是相當特殊的空間。

光是滯留在此，人類的身心就會逐漸鬆垮融化。

要說為什麼會有此作用，那是因為這裡是專門為人類設下的陷阱。

人類的慾望無窮。追求強悍的人類時而會不惜接觸邪惡法術，變成「墮落食人魔」或「黑暗巫妖」這類魔物。

捕捉這類存在，將其分解成魔素，就是「淨化的監獄」的職責。

也就是引誘惡人的場所，不是螞蟻地獄而是惡人地獄。

妖精三姊妹則是被託付管理任務，相對而言位階較高的妖精。

為讓世界安定，為了生存的萬物，她們必須管理此地，不讓惡人逃離而進行監視。時而驅使魔法或道具來達成目的，時而也需要擊敗有可能變成魔物的要因。

不過，那並不是她們能一邊嬉戲一邊做的事——

也因為妖精王沒有糾正她們。

以這個歪理為後盾，妖精三姊妹總是為所欲為。

「是呀……捉弄那個人類似乎會很有趣。」

「確實。他和目前為止的人類不同，感覺有哪裡很脫線。」

「對吧，對吧～！而且，捉弄他好像也不太會生氣的樣子！」

多數妖精都喜歡惡作劇。

用不著提，她們也是如此。

妖精三姊妹在這之後開始策劃該如何設置惡作劇，小小的心靈為之雀躍。

「那麼，我們就一人一天，輪流玩弄那個人類吧？能讓他墮落的就獲勝！」

「沒有異議。」

「贊成～」

使人類墮落。

換句話說只要使其墮落，那名人類就會當場轉化為魔素。

她們卻打算一面玩樂一面促成這件事。聽來實在可怕，卻感覺不到她們身上有絲毫罪惡感。

落入「淨化的監獄」的，毫無例外都是惡人。

而且還是放置不管的話，就會給世界帶來的麻煩的超級罪大惡極之人。

打倒那種大壞蛋也是理所當然。

三姊妹就像繪本裡出現的勇者那般，打算擊敗那樣的「大壞蛋」。

「那麼，我們就用猜拳決定吧？剪刀石頭～」

「布！」

「布！」

持續幾次平手後，終於決定好順序了。

看來菲雅是第一個，她輕盈地飛行跳躍起來。

「太好啦～♪我是第一個☆」

「人家是第二個～♪」

「唔……真是屈辱！」

妖精三姊妹的長女菲雅。

她究竟會對貴大設下怎麼樣的惡作劇呢——

「我問你喲～？你在做什麼啊？」

那個人類。名字好像叫做「貴大」。

那個貴大正在「妖精花園」的池畔旁躺著午睡。

季節已經是冬天了，不過這裡一年四季都很溫暖。因此他會這麼做也情有可原。

即使如此，來到這裡以後竟然就開始午睡，令菲雅不敢置信。

（看來他還殘留著理性呢。本能尚未暴露出來。）

菲雅心想，如此一來反而更有墮落他的成就感，她接近貴大。

「是菲雅啊。妳看也知道才對，我在睡覺啊。」

「我是想問你為什麼要睡覺。」

「呃，因為我很累啊。想說正好可以睡覺。」

「騙、人☆你是在忍耐對吧？」

「……啥？」

說出那種輕易就能戳破的謊言，有點可愛。

菲雅露出妖豔的微笑，向貴大拋了個媚眼。

「其實你只是在忍耐而已吧？因為看見充滿魅力的我們會按捺不住，才會像這樣閉上眼睛而已吧？」

「…………咦咦~……？」

對方露出疑惑的表情。

這種掩飾技巧也太差了吧。

菲雅更加得意起來，伸手碰觸裙襬。

「可以喲，如果是貴大的話，就特別讓你瞧瞧各種地方……畢竟你稍微算是我喜歡的類型嘛☆來吧，你看、給你看。」

不會因此墮落的男人，根本不存在。

這個空間擁有融解理性的力量，再加上被菲雅的【妖精的誘惑】所魅惑的男人，均會呼吸急促地餓虎撲羊。

輕巧迴避地玩弄這些男人正是菲雅的樂趣，但是——

「我說，我可以繼續睡了嗎？」

「什麼……！」

貴大一臉狐疑地看著菲雅，也不等她回答就直接躺平了。

他就這樣立刻發出睡覺的鼾息，似乎沒有醒來的跡象。

是真的——他真的，怎麼說，看起來是出自疲累而睡著了——

「我、我說～……？不要在那裡午睡了，和我一起做開心的事情嘛？」

「呼呼——」

「那不然，讓你摸摸看也可以喔？」

「呼嚕——」

「手！只能讓你碰手而已！」

「齁——」

「嗚、嗚哇～！」

菲雅逃跑了。

從對照理說充滿魅力的她視若無睹，呼呼大睡起來的人類身邊逃跑了——

揮灑著淚水，逃回自己家裡。

「皮～克～！妮～絲～～！」

「妳失敗了啊。真罕見。好了好了，別再哭了。」

「姊姊，打起精神來～」

安慰哭著跑回來的長女，次女和么妹輕撫她的背。

即使如此她仍然沒停止淚水，最後，甚至持續哭了一整晚。

於是乎，菲雅作為「好女人」接近對方的作戰——

相當精彩地以失敗告終。

「欸欸，你吃吃看這個嘛～？」

在花田裡午睡的貴大，這次妮絲將桃子交給他。

貴大收下桃子，一口咬下。他發出驚訝的讚嘆聲。

「好好吃！嗚哇，這個超好吃的！」

「欸嘿嘿，對吧？很好吃對吧？」

桃子——〈水蜜桃〉獲得稱讚，妮絲也感到喜悅。

這是她一手栽培而成的水果。被稱讚美味以後，她不禁放鬆臉頰。

「啊～真是太好吃了～」

眨眼間就吃完〈水蜜桃〉的貴大滿臉幸福洋溢，摸摸肚子。

（這樣一來就得手啦～）

這個人類只要繼續吃下桃子，到了明天，就會在這個空間融解了吧。

其實這個桃子擁有助長「妖精花園」力量的效果。

除此之外還附帶【中毒】的異常狀態。貴大已經無法從〈水蜜桃〉的效果中逃脫了才對，

然而——

「如果這個可以當作謝禮就好了。」

貴大伸手到口袋裡輕輕摸索。

（哇……他還能夠思考桃子以外的事情呀～）

妮絲感到意外。

照理說陷入【中毒】狀態以後，將無法思考其他事情才對——

「雖然這也是我從別人那裡拿到的。」

「咦～？」

「不過這個就當作回禮吧。」

妮絲發呆的期間，貴大遞給她一塊餅乾。

看來是留在道具欄位的物品。貴大拿出來作為謝禮，關閉發出藍色光芒的系統清單。

「謝謝～」

妮絲收下餅乾，搖搖晃晃地緊急降落。

這塊與她體積相似的餅乾，散發出濃濃的甘甜香氣。

看起來好美味。但是這世上怎麼可能存在比花蜜美味的東西呢——

「這是什麼，好好吃喔！超級好吃！」

是沒品嚐過的滋味。

對只知道花蜜與水果滋味的妮絲而言，區區的一塊巧克力脆片餅乾簡直就像是天上的食物。

餅乾部分好好吃。巧克力的部分也好好吃。

妮絲嘴角變得黏答答的，一面著迷地將餅乾吃下肚。

「這樣啊，妳喜歡就好。」

「嗯！」

得到了美味的食物。

也看見溫柔的人露出笑容。

（總覺得好幸福呀～）

妮絲就這樣待在溫柔守候在她身邊的貴大旁，繼續啃咬著餅乾。

「然後，妳就這樣回來了，是嗎？」

「嗯！好好吃喲～！」

回到家以後，姊姊們出面迎接妮絲。

皮克露出有些困擾的神情按壓住額頭，菲雅則興致勃勃地聽她娓娓道來。

「我、我說啊，真的有那麼好吃嗎？那個點心。」

「很好吃喲～……嘶嘶。」

光是回想起來，就又想吃了。

妮絲心神蕩漾地鬆緩了臉。

「然後呢？那個點心呢？在哪裡？妳應該有剩下來吧？」

「咦？」

「咦？」

「人家全部吃掉了喔。」

「妳說什麼！妳、妳這孩子總是這樣……！」

如此美味的食物，妮絲當然不可能剩下來。

她吃得連一丁點碎片都沒剩，多虧如此，肚子變圓滾滾的。

「真的好好吃喲～♪」

「咿——！」

儘管作戰失敗了——

就個人角度而言卻以大勝利收尾，妮絲心滿意足。

「那麼，終於輪到我出場了。」

她早就知道會演變到這地步了。

從姊妹們的報告來看，異常狀態看來對那個人類不起作用。

菲雅的【妖精的誘惑】和妮絲的【中毒】都沒有效果。

恐怕他擁有防止異常狀態的被動技能，或是身上戴著具相似效果的飾品。迷失到「妖精花園」裡的人當中，並不是沒有這種案例。

然而，直到現在都能保持理性，讓她感到驚訝。

對方持有「淨化的監獄」無法完全融解的強大力量。

擁有如此絕大力量的惡人究竟會轉化成怎樣的怪物，無人知曉。

（非得要在這裡處分掉他不可。）

一旦如此決定就必須進行探聽調查。得先調查清楚那個人類擁有怎樣的慾望。得找出他的弱點才行。只要朝弱點進攻，人心也不過如此，眨眼間就能融解理性。

為此，皮克與貴大展開接觸。

「所以說，你在看些什麼呢？」

「妳問什麼，我在看動畫電影。偶爾看點老作品也不錯呢。」

貴大使用影像水晶，欣賞著某些東西。

像是繪圖，又與之有所差異，不可思議的影像。

這吸引了皮克的注意力。

「這是……什麼？插畫在動。」

一般而言，提到影像水晶，多半是用來映照出持有人所見聞過的事物。

眼前這類會動的插圖，甚至附帶聲音的影像，皮克既沒看過也沒聽過。

「是讓肖像畫動起來的魔法的一種嗎？」

「妳果然不知道啊……等我一下。」

貴大從道具欄位裡拿出筆記本，開始書寫些東西。

是什麼呢？皮克興致盎然地窺伺筆記本頁面。

「好了，妳看清楚這裡喔。」

「好的。」

接下來會發生什麼事呢？

貴大在頁面畫了簡單的火柴人，唰唰地翻起書頁。

「這是！」

插畫彷彿動起來了一樣。

（原來！原來是這樣啊！）

方才的影像想必也是以同樣的原理製作出來的。

但是──

（理解概念以後，感覺還真單純呢。）

沒什麼大不了的。不過就是騙小孩的東西。

（真是的，看來我太警戒了。）

本來還希望他至少能使用點魔法。這未免也太原始了。

果然，即使看似擁有強大的力量，充其量不過也是個人類。

這點程度的話，使他墮落也花不了多少功夫。

（真是的，這種對手，那兩個人為什麼會陷入苦戰啊。）

「吶？很厲害對吧？」

「是是是，是很厲害。」

對方還露出得意的表情──

簡直就像是小丑一樣，皮克心想。

「這個影像也是用同樣的原理製作出來的。是滿久以前的作品了，不過相當有趣喔。怎麼樣？要不要看看？」

「好啊，我就看看吧。」

在這場鬧劇裡，說不定也藏有這個人類的弱點與慾望。

一定可以找到，沒有她察覺不到的東西。

她可是皮克，妖精界裡也享有盛名的知識分子——

「然後呢？」

「看妳好像很高興的樣子，到底發生什麼事了呢～？」

「姊姊、妮絲，請聽我說！我接觸到了所謂貨真價實的文化！」

夕陽西下的樹洞之家，興奮的皮克面向姊妹激昂地開口。

「聽好了，妮絲。人類的想像力相當出色。例如，妳有想過貓咪可以拿來當作交通工具嗎？」

「貓咪的話，人家有爬上去過喲～」

「是啊，我想也是。剛才的問題，我也做出了相同的答案。但是！人類可是將貓與馬車結合，做出了合成獸般的運用！這種靈活的想像力！甚至讓人感到詭譎荒誕，這是對生命的挑戰！」

「咦～……貓咪馬車什麼的感覺好噁心喔～貓咪很可憐耶～」

「什麼！如果因為噁心就作罷的話，學問是無法有所發展的！」

「就算是這樣我也不要啦～……」

「妳冷靜一點啦。」

遭受姊姊阻止，皮克的鼻息益發急促。

她認為必須分享這股感動，於是將借來的影像水晶放置在桌上，開始進行附帶解說的動畫電影上映會。

「連皮克也失敗了呢。」

望著絮絮叨叨不斷說話的皮克，菲雅發出嘆息。

看來有必要思考新的手段了。

—4—

「「「第二十四回！妖精會議～！」」」

這裡是名為「妖精花園」的小小空間。

矗立在一隅的巨大樹洞裡，再次展開了妖精會議的開幕宣言。

「好了，本次的會議，當然和那個人類……那個貴大先生有關。」

在吊掛在牆上的白樹皮背面，皮克用木炭書寫議題內容。

妮絲笑嘻嘻地看著這幕，啾啾地吸食花蜜。

「那個人類先生，是個好人呢～昨天也用水果和花蜜替人家做了很好吃的點心～」

「咦～？他絕對不是正派的人啦！」

「是這樣嗎～？」

「因為他竟然沒有被我的魅力迷倒。他心裡究竟隱藏著怎樣的怪癖，我們可不知道！」

自稱「好女人」的菲雅否定了貴大。

看來沒被對方放在眼底這件事真的令她感到不悅。她氣鼓鼓，焦躁地用手指彈弄桌上的花朵。

「不是這樣的，姊姊。貴大先生是個好人喔。」

「對呀～是個好人喲～」

看來與大姊不同，妹妹們抱持肯定。

她們擁護貴大，想辦法說服起大姊來。

即使如此——

「那麼，他為什麼會來到這裡？如果他是好人的話根本不會到這種地方來吧？」

「「那是因為……」」

「淨化的監獄」只會招致惡人。

唯有墮落、有可能會轉化為怪物的人類，才會迷失到此地。

來到這裡的當下，他肯定已經背負了某種負面的要素吧。若非如此，他便是相當特殊的存在，要不然就是出現了某種異常。

「應該是出了什麼差錯。」

「那不可能。至今為止難道有什麼搞錯的人嗎？」

「唔唔。」

造訪此地的人類每個都是惡棍。沒有例外。

「可是可是，這說不定是第一次出錯呀？」

到了這地步，妮絲仍繼續堅持貴大的善性。

皮克也贊同地頷首。

面對她們兩個，菲雅說道：

「唉……好吧。那我們就使用妖精粉末吧。」

「咦咦……！」

「可以吧，明天就使用妖精粉末。如此一來也能釐清那傢伙的本性。」

「「…………」」

沒有人持反對意見。

皮克與妮絲，至今為止已經見識過幾次表裡不一的人。

說不定貴大也是其中之一——她們終究無法捨去這個揣測。

所謂妖精粉末，是融化人的理性的鱗粉。

唯有純粹的妖精才有辦法生成的鱗粉，將有辦法剝除藏匿在人心最深層的願望。

不存在抵抗妖精粉末的手段，直到效果結束以前，一切慾望都被暴露而出。

三姊妹決定使用這個粉末來審視貴大。

「哦～妳們聚集在一起做什麼啊？」

「呃、呃呃，有點事……」

「是因為呀～那個～」

在貴大面前含糊言辭的皮克與妮絲。

果然再怎樣也無法當著他的面說出「讓我瞧瞧～你的本性吧☆」之類的台詞吧。

因此菲雅從背後接近貴大。

（偷偷地、偷偷地……）

潛伏靠近，振動翅膀，揮灑妖精粉末。

「……嗯？」

貴大似乎察覺到些許異樣，但並沒有打算談及的樣子。

吸入妖精粉末的貴大，不久後開始呆愣愣地凝視遠方。

「中招了！好啦，露出你的真面目吧！」

貴大眼中的理智逐漸消失。

四肢失去力量，虛脫地朝花田躺下。

費不了多少時間，貴大高聲吼叫出自己的心聲——

「我不想工作是也！我不想工作是也！」

「「「…………」」」

「至少給我週休二日嘛～我會過勞死啦～」

貴大在花田裡滾來滾去。

這樣的人是壞蛋？橫豎著看都是廢柴吧。

「妳、妳們瞧瞧！所以我說嘛，貴大就是這種男人！」

見到這副景象，菲雅在貴大身後伸手指著他。

剩下兩名姊妹也用著無法言喻的表情盯著他。

「不、不會的，我認為這種慾望並不會危害世界！會危害到的，頂多只有他自己的家人吧。」

「唔！確實是這樣。」

重振精神的皮克敘述自己的想法。

「來到這裡的惡人，大多都是希望比任何人都還要強悍，無論使用任何手段都渴望變強的人。甚至奪走人命，不惜使用邪惡法術也想要變強的人類。這個監獄是為了懲治那類人所準備的場所！」

「對呀～妳忘記了嗎～？」

「唔唔唔！」

想要變強這種願望，一旦有了偏頗，就會淪為連至惡魔的慾望。

無論要做什麼事——這將有可能導致當事人即使淪為魔物也想要追求強悍。

然而，不想工作的念頭又該怎麼歸類呢？不勞動也毫無熱情的話，也不會因進行詭異的實驗變成魔物。更不會殺人，大概只會成天在自家裡遊手好閒滾來滾去而已。

換言之，貴大不是壞人？

不，既然來到「淨化的監獄」，肯定有什麼理由才對。

「還、還沒結束！只是妖精粉末還沒起作用而已！只要再讓他多聞一點的話！」

「姊、姊姊～」

不聽從妹妹的制止，菲雅跳躍起來再次揮灑妖精粉末。

然而在這之後也一樣——

「差不多想要吃白米飯了啊。」

「好想睡午覺～」

「好想去泡溫泉。」

諸如此類，盡是冒出一些憨憨傻傻的慾望。

持續揮灑粉末的菲雅已經氣喘吁吁了。

「呼……呼……還、還真是頑固啊。」

「差不多該收手了吧？貴大先生是個好人……該這麼說嗎，總之妳應該也明白他是個無害的人類了吧？」

「對呀～住手嘛～」

「還沒！還沒結束！我不會就這樣放棄！」

都到這個地步了，已經沒辦法回頭了。

菲雅意氣用事起來，更加用力振翅。

「最大輸出！去吧——！」

捲起漩渦、熠熠閃亮的鱗粉，彷彿霧氣般包裹住貴大。

緊接著，他的身體彈跳顫動。

「嗚哇哇……啊啊……」

雙眼變得虛渺，身體顫抖，聲音從半開啟的嘴巴裡溢了出來。

就是這個。這個正是彰顯出藏匿住的願望與本性的前兆。

「好了，現出原形吧！」

菲雅也是，皮克也是，甚至妮絲也是如此，她們透過至今為止的經驗，深深確信。

接下來將表露而出的——

正是潛伏在人類心靈最深處的情感。

「唔啊啊啊……住手……！住手……！」

「……咦？」

「優介……！小蓮……！」

「別拋下我啊……！」

「不要丟下我一個人……！」

傳遞而出的，是深層的悲傷與寂寥。

並且，是剜挖胸臆般的孤獨與空虛。

「這、這是……？」

好寂寞，好想見某人的情緒傳遞過來，直到疼痛的程度。

太奇怪了。目前為止三姊妹所見識的人類，都只有原形畢露並且失控這個情況。

然而，這是怎麼回事？貴大像是小孩般蜷縮起身體哭泣。

「這、這是什麼意思啊……貴大他……不是壞人……？」

如菲雅所說，這豈止是壞人，根本像是個幼小的孩子。

怎麼看都不像是會危害世界的存在。

「一定是……」

「皮克？」

「一定是名為寂寞的負面情感，和貴大先生持有的強大力量融合在一起，導致『淨化的監獄』產生錯誤認知了吧。」

力量越強，影響力則越高。

等級兩百五十級的數值，在這世界可是異常之高。

正因如此，因為微乎其微的契機——

貴大才會迷失到「淨化的監獄」裡。

「所以說，那個人類是好人嘍～？」

「或許是這樣沒錯。至少他不會轉化成魔物就是了。」

「咦……那麼，我們所做的事情不就……？」

貴大的身體開始散發出柔和光芒。

與之同時，他身體的輪廓正逐漸朦朧。

「不好啦！」

「他開始融化了！」

為了試驗所灑出的妖精粉末，終於超越了容許的劑量。

再這樣下去貴大不久就會消失，從這個世界上徹底化為虛無。

「讓他回去吧，把貴大先生送回去。」

「他畢竟是個好人嘛～」

「也對……沒錯，貴大並不是壞人啊。」

「對呀～」

「得讓他回去才行。」

三姊妹包圍貴大，將雙手伸向前方。

而後，她們手中浮現出魔法陣，從中溢出的光芒溫柔地包裹貴大。

「給你添麻煩啦。」

「深感抱歉。」

「對不起嘛～」

「「「再見了。」」」

她們說出道別的話語。

同時間，歸還魔法發動了。

貴大的身體逐漸從「妖精花園」裡消失，三姊妹們用滿是歉疚的表情目送這一幕。

—5—

回過神來，我站在自家門前。

「咦？」

至今為止究竟都在做些什麼，怎樣也想不起來。

將影子拉長的夕陽，和幾乎會起雞皮疙瘩的寒風，不知為何讓人不太舒服。

「嗯嗯～……喔喔，這麼說來。」

對了。那時候我厭惡起工作。

因此衝動地打算逃跑，然後——

對了，我迷路到「妖精花園」裡了。

（在那之後發生什麼事了？）

既然已經回歸，代表已經過了一星期了吧。

儘管如此這回歸還真沒有實感，我搖搖頭。

「算了。問題在於之後。」

沒錯，接下來才是重點。

再怎麼疲累，竟然會產生逃離這裡的想法，我一定是哪裡不對勁。

雖然在「妖精花園」得到了預料之外的充分休息，但……

「優米那傢伙會原諒我嗎……」

問題在於那個工作狂。

蹺班偷懶整整一星期，她想必不會原諒我吧。

肯定有著轟轟烈烈、包羅萬象的懲罰在等著我。

「說不定，這個門把也設置了機關。」

我膽顫心驚地戳戳門把。

咦？似乎沒有【雷電．伏特】。

「喔～那麼……」

悄悄打開門扇，接著立刻使用【看穿】讓身體向後仰！

應該會有【堅硬鐵拳】的拳擊手套飛蹦出來，擦過我的胸口上方！

沒有發生呢。

「ＯＫ。ＯＫ。我已經猜到妳的手法了。」

哼哼，再怎麼說都相處一段時間了。

那傢伙在想什麼，我一清二楚！

「反正，一定是在起居室的門上設置了什麼機關吧？」

我鬼鬼祟祟地走進自家門。緊接著一定會有東西朝我突擊。

還真是不錯的招數。

但是！那種陷阱，我可不會上當！

「哼哼哼……【陷阱迴避】。」

只要發動這既能，陷阱什麼的一點也不可怕！

好了，優米爾啊。妳就儘管哭喪著臉吧！

「溜進來溜進來～好啦。」

看清楚吧！我可是沒有遭遇任何妨害就進到屋子裡來了喔！

這就是我的實力！優米爾，妳認輸吧！

「……嗯？」

關鍵的優米爾小姐本人，竟然在起居室的桌上趴著睡著了。

真是稀奇。我還是第一次看見她這副模樣。這可真是貴重的一幕啊。

即使是工作狂，睡臉還真可愛啊——我瞧瞧，再靠近一點好了。

「……主……人？」

她起來了。

不妙！眼神對上了？

「請問是主人嗎……？」

優米爾小姐搖搖晃晃地站起來。

「是、是的！」

多麼悲哀，我這經訓練的身體，反射性地做出立正站好的姿勢。

優米爾接著用危險的目光望向我——

「……真的是……主人對嗎？我不是……在作夢。」

「是的——！」

配合我的回答，咻咻，優米爾拿出了鞭子。

什麼？不、不妙！我不是早就知道會被處罰了嘛！

因為玩潛入遊戲跑進家裡，情緒太過高昂才忘了這點！

「啊哇哇……！」

她、她揮高鞭子了！

（要、要來了！）

做好覺悟的我僵硬身體。

優米爾的皮鞭逼近我的肩膀——！

啪。

「嗚啊啊！……咦？」

啪。

又來一記鞭打。然而完全沒有氣魄，甚至連手腕都沒有出力。

當然一點也不痛。鞭子就像是貼在肩膀上一樣。

（這、這是怎麼一回事啊？）

啪。

又來了。這到底——是怎樣？

這是挨個幾下以後就會死翹翹的【死亡倒數】的一種？

我感到不可思議而盯向優米爾，接著她的眼睛冒出眼淚——

「等——咦咦！」

「……騙人……大騙子……嗚啊啊啊……」

優米爾一面叫喚我是騙子，持續揮舞沒施力的鞭子。

至今為止從未見過的鋼鐵少女的眼淚，讓我的腦袋一片空白。

「為、為什麼啊……妳別哭啦！」

「嗚、唔嗚嗚。」

「所、所以我說別哭了……喂！」

「嗚嗚～！嗚～！」

「啊～！到底該怎麼辦才好啊……？」

我試著下跪，或是遞給她手帕，滿是驚慌失措。

視線東張西望，迷惘難安，又低下頭來道歉。

無論經過多久，優米爾仍舊沒有停止哭泣，我已經不知該如何是好了。

幕間劇「上吧！妖精三姊妹」

貴大離去後，妖精三姊妹——

老實說，閒到發慌。

她們像是貴大那樣，在徒有美麗的花田裡打滾午睡。

「啊～皮克。說點什麼有趣的話吧～」

「請別勉強人。那種事請對妮絲說。」

「妳這樣也很勉強人家啊～」

云云，不知經過了多久，三姊妹仍然嘮嘮叨叨、喋喋不休一些無關緊要的小事。

從剛才起就一直看著這樣的她們，「來訪者」的額頭冒出青筋。

「妳們三個，還不認真點！」

「「「呀啊啊啊啊！」」」

聽聞震懾周遭的怒吼，如同字面，妖精三姊妹飛跳起身。

接著就這樣在空中輕盈地飄浮，她們轉向朝聲音的來源——

然後因過於震驚，發出突然的錯愕大叫。

「呃，是妖精王大叔！」

「大叔？」

「更、更正，妖精王大人～♪」

拜訪「妖精花園」的，是統率妖精們的王。

他是身形與人類沒有多大差異，然而，背後擁有美麗翅膀的壯年男性。他正是被稱為妖精王的存在，也遠比妖精三姊妹擁有更強大的力量。

「這不是妖精王大人嗎？歡迎您大駕光臨。」

「請用茶～」

「現在才挽回也沒用了。」

「「「遵命～！」」」

三姊妹靈活地在空中低身跪下，表示恭順之意。

對她們的油滑感到厭煩，妖精王開口說道：

「真是的，妳們老是這樣。當作是突擊檢查過來一趟，沒想到竟表現出比我想像還差的模樣。」

「那、那只是偶爾才會這樣啦！偶爾！」

「哦，是嗎？獨斷地讓人類逃離這裡也是偶爾嗎？」

「唔……！」

被戳到痛處的妖精三姊妹無言以對。

「明白嗎？『淨化的監獄』對世界而言是相當重要的場所。為了不讓世界失衡，必須好好守護這裡，屏除異常的存在。」

「但、但是，那真的是特殊的案例！」

「沒錯沒錯！那個人類有點奇怪啊！」

「應該說他不是壞人～」

「唔。」

這次輪到妖精王噤口不語了。

「我說，妖精王大人～？」

「這裡的設計是不是很怪啊？」

「怪怪的吧～？」

見情勢轉優，妖精們再度得意忘形起來。

三姊妹飛翔盤旋在妖精王周圍，捉弄他般嗤笑起來。

接著，受到這番對待的妖精王——

「還不給我安靜點！」

「「「嗚哇哇哇哇！」」」

這次怒吼與強風一起狂亂吹拂，妖精三姊妹被吹得一蹋糊塗。

「這次的案例，我就承認有所缺陷。然而，我們可是身為管理者一員。不可遺忘使命，為了世界，為了生存的萬物，必須妥善執行職務。我雖然明白妖精心血來潮、喜好玩樂，不喜歡被束縛的心情……」

數分鐘後，妖精三姊妹被迫在花田裡正襟危坐，聽從妖精王的訓話。

她們被告以妖精的使命與須知，萎縮成一團垂下頭。

這可真是稀奇光景。那得意忘形的妖精三姊妹竟然會沮喪到這種地步，可非常有之事。

（她們看起來挺聽話的。）

平時她們會回嘴，或是打算落跑——

（我或許有點凶過頭了。）

說不定太感情用事了。

妖精王稍微反省，打算讓三姊妹們抬起頭來而伸出手。

「……是替身！」

於是他察覺到了。

不知何時，她們早就留下等身大的替身人偶，消失得無影無蹤。

「那群該死的傢伙！」

緊緊揪住製作得格外精細的人偶，妖精王發出怒吼。

他像是要扔開人偶般將其舉高——

接著發現寫在人偶腹部的信息。

『Bye 啦——☆』

『請讓我們請假一陣子。』

『放屁噗噗。』

「那、那、那三個傢伙——！」

眉清目秀的妖精王出自憤怒，臉色漲成赤紅，發出第三次的怒吼。

即使如此，他發怒的對象也早就逃離「妖精花園」了。

「啊～真是的，清爽多了。」

格蘭菲利亞近郊的森林裡，妖精三姊妹輕飄飄地飛翔。

偷偷逃離「妖精花園」的她們並沒有回歸故鄉妖精鄉，而是來到了人界。

「我們果然不適合監視那類的工作呢。」

「是啊。」

「適才適所的～相反詞的意思～？」

「沒錯，就是那個。」

三姊妹們七嘴八舌地抱怨，一邊在森林裡前進。

目標是那個人類，貴大所居住的大都會。

時尚的娛樂與美味的點心。她們聽說那裡應有盡有，早就想要去一次了。

「研究人類、研究人類♪」

揭起這個主題，妖精們穿越森林。

「一二三～！」

「「「我們是妖精三姊妹！」」」

她們發出一如既往地齊聲呼喊，幻化為人類的大小。

「呀呼～♪」

省略中間的繁瑣過程，朝格蘭菲利亞前進。

第五章 侍奉女僕優米爾篇

—1—

「「「第二十五回！妖精會議～！」」」

「……是的？」

「「「夢境出差版本！耶耶———！」」」

這究竟是怎麼一回事呢？

確認主人就寢後，她應該也在自己的床上睡著了才對。

然而，為什麼會處在這種場所？

身處不知名的森林裡，優米爾站在遼闊的廣場，渾身僵硬。

「晚安呀，小姐。」

「呵呵呵……妳就是貴大很重要的人對吧？」

「哦～流著水妖精的血脈呀～好漂亮的水藍色頭髮～真羨慕～」

嬌小人影們靠近優米爾。

這格外有奇幻風格的生物是什麼呢？

用像昆蟲一樣的翅膀來回飛舞。是蜻蜓的一種嗎？

「……請問妳們是誰？」

感到在意，優米爾提出疑問。

接著推敲為蜻蜓的小小人們忽然定格在空中，開口回答。

「我？我是菲雅。」

「我是皮克。」

「人家是妮絲。請多指教喲～」

語畢，她們橫列並排。

是打算做什麼嗎？在納悶的優米爾前，她們……

「「「一二三……我們是妖精三姊妹！」」」

「…………」

「「「…………」」」

「……………………」

「「「……………………」」」

「……………………………………………………」

「「「………………………………………………」」」

「妳至少給我們點反應啦！」

自稱菲雅的少女——

不，如果如她們所說，該說是妖精才對。

那名妖精臉色通紅，在空中反覆滾動。

「果然還是廢止這個動作吧。就這樣做吧。」

同樣臉頰發紅的皮克，用著稍微有點憤恨的目光瞪向菲雅。

「姊姊，打起精神來嘛～人家很喜歡這個喲。噹噹！」

「住手～！不要在別人的傷口上灑鹽～！」

妮絲又在菲雅面前擺起姿勢。

（到底是怎樣呢？）

妖精們把優米爾放置在一旁，更加嘈雜聒噪地來回飛旋。

我是不是可以回家了呢？

優米爾悄悄在心裡這麼想。

「……也就是說，是妳們造成的。」

「是這樣沒錯啦。」

根據她們妖精三姊妹所言——

看來貴大的失蹤，和她們有所關聯。

他迷失到妖精的庭園裡，整整一星期無法取得聯絡——

「別露出那種可怕的表情嘛～！」

「那是意外！是意外！」

「深感抱歉！」

看來她們沒有敵意的樣子。

不過該怎麼說呢，真是讓人虛驚一場。

「……如果妳們是來道歉的，那應該也達成目的了吧。請快點讓我回去。」

沒錯，她可沒時間奉陪這種事。

得好好睡一覺，消除這一星期無法好好入眠而囤積的疲勞，從明天起再度照顧主人的生活才行。

就算是在自己的夢境，她也不能始終在這裡和妖精們交談。

優米爾罕見地催促人，正打算離開這裡時——

「哎呀哎呀！別這麼著急嘛！我們有很重要的事情要跟妳說！」

「……重要的事？我和妳們沒什麼好說的。」

「不不不，這對妳而言也是很重要的事。」

「……對我而言也很重要的事？」

「妳認為貴大先生是逃走的對吧？」

「其實，那有一半是正確的喔。」

「…………！」

不可能。

那件事是意外才對。

剛才她們不也這麼說了嗎——

「我從人類先生那裡聽說啦～他說工作太多了好累～」

「……那些，我認為都是為了主人著想。」

「但是一星期工作六天太過勞了啦——我認為就連一星期三天都太多了。」

「咦……？」

「不可以說謊喔，姊姊。雖說如此，確實是超時工作了呢。他在家應該也沒有辦法好好消除疲勞吧？他剛到『妖精花園』的時候，可是一直在睡覺呢。」

竟然在妖精的庭園裡一直睡覺——

果然，貴大精疲力竭了吧。

「……那麼，我會減少他的工作量。」

如此一來，他應該就不會逃跑了才對。

「光是這樣是不夠的喲～」

「沒錯，光是這樣完全不夠不夠☆工作的男人啊，是需要療癒的♪」

這還真不能充耳不聞。

「……由我來療癒主人。」

「嗯哼？」

「……前陣子，我也幫他揉揉肩膀了。」

薰也說過那樣很好。

附近的鄰居們也都這麼說。

（我的侍奉並沒有出差錯。）

照理說是這樣才對。

「「「…………………唉唉～」」」

然而不知怎的，妖精們卻用著憐憫的目光看優米爾。

「揉肩膀……又不是老爺爺，光靠那樣是無法被療癒的啦。」

「……騙人。」

「才沒有騙妳。貴大先生現在才二十歲。恐怕妳在幫他揉肩膀的時候，他露出了很複雜的表情吧？」

「……這麼說來……」

確實，當時他一副難以言喻的表情。

原來是這個意思嗎？

「妳看～揉肩膀是不行的啦～要做一些更好的事情才行～」

「……就算妳說更好的事情，我也……」

更好的事情是指什麼呢？

不太能理解。優米爾並不知道。

「妳很煩惱對吧。不過，放心吧♪」

「我們也想讓那個人類先生打起精神來呀～」

「為了傳授給妳那方面的技術與知識，我們才會來到妳的夢中。」

話說回來，回到家中的貴大表現出格外清爽的神情。

那是妖精們的功勞嗎？優米爾改變了對妖精三姊妹的評價。

（他最近工作很忙碌，總是一副疲憊的表情。然而，我原本認為只要揉肩膀就可以給他帶來療癒。）

看來光是那樣還不夠。

自己身為女僕的技能。能夠療癒疲勞的侍奉技巧！

如果有學習的機會，她想試著學習。優米爾如此思考，向妖精們低下頭。

「……我明白了。我的名字是優米爾。今後請多多指教了。」

「這樣啊，請多指教嘍，優米爾。」

「我們的指導很嚴厲喔。」

「很嚴厲喔~！噹噹！」

她以為被丟下的那天夜晚。僅只能等待著沒回來的主人的日子。

她已經不想再嚐到那時候的苦澀了。

從這些妖精們身上學習許多知識，活用在往後的生活吧。

全都是為了貴大健全的人生——

—2—

貴大回來的隔天，萬事通「自由人生」進入了臨時停業。

這是接受妖精們建議的優米爾所做的決策，不知情的貴大則悠哉地啜了口茶。

「……要不要再來一杯茶呢，主人？」

「好、好啊。那就再來一杯吧。」

「……那麼，接下來是綠茶。」

「又換別的口味了嗎？總之，也是可以啦。」

空空如也的馬克杯裡，注滿了格蘭菲利亞境內相當貴重的綠茶。

接續紅茶、奶茶、花茶、柑橘茶、果醬茶，這已經是第六杯了。即使是對優米爾感到歉疚的貴大，也不禁皺起面容。

優米爾敏銳地察覺到，向他搭話。

「……請問怎麼了嗎？莫非，您不喜歡綠茶……？」

直直凝視他，女僕小姐淡漠地詢問。

對這樣的她，貴大急忙搖頭否認。

「不、不是不是！我最喜歡綠茶了喔！而且是優米替我泡的茶嘛，嗯！」

「……是嗎？」

「啊啊～好好喝！一滴都捨不得剩下啊！」

感受到莫名的沉重壓力，他都嚐不出味道來了。

然而，要是沒把茶喝光，不知道會發生什麼事。

出自一星期都把她留在家裡的愧疚感，以及初次惹她哭泣的罪惡感，貴大難以展現出強硬態度。

把茶剩下來——他不可能會選擇這個選項。

「……能得到您的歡心，真是太好了。」

「喔、喔喔。」

「……嗯，綠茶，也很喜歡。」

優米爾從女僕服的口袋裡拿出筆記本，書寫記錄著什麼。

這舉動也和茶的續杯一樣，重複六次了。

（所以說，那到底是什麼啊！）

生死名簿？還是她一一在茶裡下了毒，正在確認效果如何？

貴大不禁開始確認起身體有無異變。

儘管如此，他並沒有找到任何異狀，因此更加混亂了。

（唔、唔唔唔，是要讓我半死不活嗎？）

即使沒有說明，然而，確實有哪裡不對勁。

無視沒有追問勇氣、戰戰兢兢且坐立難安的貴大——

優米爾確認起目前為止記錄下來的內容。

（主人比起直接喝紅茶，更喜歡增添口味與香氣的調味。綠茶則是用不著添加任何調味，喜好到能夠一口氣喝乾的程度。果然日本人有日本人的嗜好。）

嗯嗯，優米爾做出某些總結，頷首點頭。

絲毫不清楚她究竟領會了什麼，貴大不明所以地臉色泛青。

她究竟是發生什麼事了呢？

答案就在昨天夢裡，妖精們所展開的會議。

「首先是觀察。這是基本中的基本。」

擔任第一堂課的教師一職，是妖精三姊妹的次女皮克。

理性的她首先向優米爾倡導觀察的重要性。

「優米爾小姐，直到目前為止，妳觀察到貴大先生多少事情了呢？」

「……我待在他身邊將近一年了，應該十足充分。」

事到如今，觀察又能促成什麼呢？

優米爾歪歪頭，她的反應如皮克所料。

「那麼我問妳，貴大先生『最』喜歡的食物是什麼？」

「……很簡單。馬鈴薯沙拉。這是主人喜歡的食物。」

確實，貴大非常喜歡馬鈴薯沙拉。

淋上自製的伍斯特醬，搭配剛煮好的白飯或剛出爐的麵包一起吃，他總會露出幸福洋溢的表情。

然而——

「那是真的嗎？他難道不是『也』喜歡馬鈴薯沙拉嗎？貴大在『妖精花園』時也津津有味地吃下花蜜和水果喔。由此可知，他只是單純不挑食，什麼都可以美味吃下肚的類型吧。難道不是嗎？」

「……！」

沒錯。不局限於馬鈴薯沙拉，任何食物貴大都能津津有味地吃下肚。

馬鈴薯沙拉不過是獲得好評的料理之一而已。那是優米爾做出的第一道料理，由於得到貴大的喜愛，她當下才會提出這道料理的名字。

「看來被我說中了呢。我是問妳『最』喜歡的食物喔。在喜歡的許多食物當中，首屈一指的食物。好了，請回答我吧。」

無法回答。

即使舉出數種貴大喜歡的料理，也無從斷言那是否就是最喜歡的。為何自己連這種事情也不知道呢？優米爾緊咬嘴唇回答：

「……我不清楚……！」

優米爾握緊拳頭，垂下臉。

看見這樣的她，皮克輕輕微笑了。

「沒必要為此感到不甘心。」

「……可是……」

「我只是想要讓妳理解無知這件事而已。」

「……請問這是什麼意思？」

優米爾稍微抬起臉來，皮克像是勸戒般開口：

「擁有智慧的生物們，都會誤以為自己已經理解了事物。然而，就像優米爾小姐剛才那樣，只是以為自己明白的情況占多數。若是處於自以為理解的狀態，求知慾將會受到封閉。

會擅自決定『這件事就是這樣』，漸漸不再打算理解更深層面的事情。」

「……妳說得沒錯。」

優米爾乖巧地頷首。

不單單指食物。她擅自斷定貴大喜歡的事物不光如此。隨意就能聯想到一大堆。

「為了打破這個局面，就必須做出剛才提到的觀察。要時常懷抱『這件事真的是這樣嗎』的疑問，執行詳盡的觀察，如此一來遲早能領悟到事情的真實。」

「……確實是這樣。」

至今為止，自己從未懷抱過疑問。

光靠他人的言詞就決定一件事，不曾自己抱持過懷疑。

就某方面而言，這是相當輕鬆的生存方式。只要半途放棄思考，就不需要一一煩惱了。

隨波逐流，言聽計從所度過的這一年，確實是沒有壓力的生活。

然而，這個結果卻導致貴大逃跑了。

（一定也是因為我擅自斷定的關係。）

事到如今，優米爾終於理解這個道理了。

「看來妳明白了呢。那麼，妳也應該知道自己該做什麼了吧？」

「……觀察……主人。」

兩人雙雙頷首。

此刻，皮克與優米爾就像是締結了師徒關係一樣。

「沒錯。如果妳明白這點的話，那麼，就出發吧，優米爾小姐！為了貴大先生……為了找出重要之人真正渴望的東西！」

「……老師。」

抬頭凝望皮克的優米爾的眼眸，彷彿頓悟般閃閃發光。

（主人出門後經過了一分鐘。我也追在他後頭吧。）

當作是進行歸來後的招呼，貴大前往「滿腹亭」，優米爾則跟在他後方。

若是待在自己身旁的話，貴大說不定不會表現出真正的姿態。

如此心想的優米爾才會拒絕同行，像這樣偷偷跟蹤他，然而——

「啊啊～！貴、貴大？你到底跑哪裡去了啊～～～～～～～！」

「滿腹亭」是徒步三分鐘就會抵達的鄰居家。

才踏出「自由人生」的玄關，就聽見薰的怒吼聲。

「貴大！妳知道小優米她有多擔心你嗎！都沒好好吃飯，而且因為不知道你什麼時候會回來，連晚上都開著燈等你！」

「唔……關於這點我也感到很抱歉啊，可是……」

「可是？可是怎樣！」

「對、對不起。」

即使優米爾已經原諒他，當然，其他人可不見得原諒他了。

沒有事先聯絡就搞失蹤，之後也毫無音信，會這樣也是理所當然。

他究竟讓身邊的人有多擔心呢——

面對宛如惡鬼般發狂發怒的薰，貴大只能不斷地道歉。

「都是因為你丟下工作不管，小優米可是吃了很大的苦頭喔！貴族的偉大高官，甚至是看起來很危險的精靈女人都來了……我也是……很擔心你啊……因為你就這樣悶不吭聲地不見了……」

「抱歉……」

怒氣突然平息，薰變得失落起來。

看向這樣的她，貴大不禁深感愧疚。

沉重空氣支配了現場良久——就在這麼認為時！

「汪！汪汪！汪！汪！」

「唔喔喔！」

克露米亞與小金襲擊過來了！

彷彿利用全身去撞擊般抱緊貴大的克露米亞，專心地舔他滿臉。連平日乖巧的小金都活蹦亂跳，氣勢高昂過了頭，鼻尖撞上貴大的臉。

「喂，停下來！你們兩個！住手，哇噗。」

「嗚～汪汪汪……嗚～嗚嗚～汪。」

受不了的他躲避似的打算推開，但對於發出悲傷哭聲的狗狗們，他什麼也做不到。

貴大的臉立刻就變得黏答答的，克露米亞他們仍沒打算離開他身邊。

「等等，不可以啦，小克！」

「嗚～！」

「女孩子不可以做那麼粗俗的舉動！不可以！」

「嗚～」

狗狗們終於不甘情願地離開。

不過，或許是能見到面太過喜悅，尾巴還是頻頻甩動。

「你看。貴大不見以後，擔心你的人有這麼多。」

「汪！」

克露米亞對薰的話表示同意，叫喊出聲音。

「那個，真的，非常抱歉。」

在那之後，附近鄰居們聚集而來，貴大也是一味地低頭致歉。

—3—

「人家呀，是這麼想的喔～美味的食物是最重要的。」

夜晚，等待就寢後的優米爾的，是么妹妮絲。

這次的教師是她吧。從容自在的妖精，開始談論起美味食物的重要性。

「人家有聽媽媽說過，只要牢牢捉住男人的胃袋，他們就不會離開了。人類先生會不會也是這樣呢～？」

「……原來如此。」

貴大喜歡好吃的東西。

尤其對「滿腹亭」的日式料理無法自拔，一星期內會頻繁到那裡用餐好幾次。

昨天也是，明明才剛回家的隔天，他就說出「好想吃白米飯」而出門了。就是喜歡到這種地步。

「……那麼，我在家裡也做出日式料理就行了嗎？」

「唔～感覺好像又有點不一樣～？」

妮絲用食指抵在下顎，歪歪腦袋。

「那個啊，那種料理，是只要去餐廳就可以吃到了對吧～？那麼，是不是就沒有辦法突顯出只有優米爾才是特別的這點了呢～」

「……！」

確實是如此。如果在店面也吃得到，那就沒有自己的優勢了。

那麼，自己的手作料理的話——即使這麼思考，優米爾所做的也都是些平淡無奇的家庭料理。光是這樣無法成為決定性的要因。她如此心想。

無法反駁的優米爾僵在原地。

妮絲對這樣的她嘻嘻微笑。

「別擔心啦～人家會給妳好東西的～」

「……好東西是指？」

取代回應，妮絲拿來一個小小的玻璃瓶。

當中裝滿了熠熠發光的鱗粉。

「……這是？」

「這個啊～是妖精粉末喲～」

「……妖精粉末？」

未聽聞過的詞彙，讓優米爾蹙起眉梢。

妮絲感受到她的視線，繼續說明。

「沒錯，妖精粉末～只要使用這個製作點心，人類先生就會產生很幸福的心情喲～」

「……這個東西有這種作用嗎？」

一心祈求主人幸福的優米爾，對幸福這個詞相當沒抵抗力。

妮絲將裝滿妖精粉末的小瓶罐交給躍躍欲試的她。

「收集到這麼多量，稍微有點辛苦呢～不過，因為希望優米爾能好好努力，所以這些全部給妳～」

「……非常感謝。老師，我一定會達成使命。」

「欸嘿嘿，叫人家老師，有點害羞呢。」

優米爾下定決心，在胸前握緊拳頭。

她身旁，害臊的妮絲輕飄飄地振翅飛舞著。

隔天，萬事通「自由人生」的廚房裡，身穿圍裙的優米爾來回走動，忙得不可開交。

（……主人會在六點回來。必須在這之前做好準備才行。）
貴大今天重新開始工作，一早就出門了。
優米爾也有數個整理文件的工作，但她率先迅速且仔細地完成了。接下來開始準備晚餐，以及進行製作點心的前置作業——但看來時間有點不夠。
儘管如此，她並沒有焦急。
難得妮絲分給了她貴重的材料。如果因為心急過頭而讓成品毀於一旦，那可是賠了夫人又折兵。
她小心翼翼地，並且盡可能迅速地開始調理。
（……很好，塔皮馬上就要烤好了。）
時間來到下午五點。
主菜已經做好了，優米爾正在費心準備要給貴大吃的點心，使用蘋果製成的水果塔。
要填入水果塔的卡士達醬已經處理好了，擺在上頭的焦糖煮蘋果也即將完成。
此時，優米爾終於拿出了那個小瓶罐。
「……把這個，當作蘋果的提味。」
「只要稍微放一點，人類先生就會產生很幸福的心情喲～」
妮絲是這麼說的。

（稍微？）

使用勺子測量的優米爾，不太明白該如何取決用量。

不過，既然對方說稍微，那應該是相當少的量吧。

她這麼心想，只要加一小匙到鍋中即可，然而——

優米爾的腦海靈光乍現。

（……是不是加越多，就可以越幸福呢？）

如此推測的她大把大把勺起變成一座小山丘的妖精粉末，打算倒入鍋中——

加入來歷不明的調味料多少有點令人卻步，於是她用手指沾了一點試味道。

「……喔喔，這是……」

清新地鑽入鼻腔，無以言喻的美好香氣。

順暢地滑入口中，高貴的口感與甘甜。

以及，充滿體內的幸福心情。

帶給她彷彿悠閒自在泡澡般的心情。

「……這個很棒。」

只要有這個，想必連貴大也能夠滿足吧。

優米爾如此確信，這次真的將小山丘高的一大匙妖精粉末加入鍋裡。

——然而，她並不曉得非常、非常重要的事情。

妖精粉末雖對人體有毒，只要透過直接食用攝取就無害。

甚至有國家看準其擁有消除壓力的效果，將其投入藥用。

但是，過量的藥將成為毒。

就如妮絲所說，原本的用量應該是「稍微一點點」才對。

只要超過一定用量，當事人就會當場暈倒。因為腦袋產生大量的快樂而短路。

至於產生出妖精粉末的妖精，以及流有相關血脈的妖精種則非如此。

無論攝取多少頂多只會呈現適度的舒暢感，並沒有害。

問題在於對象是人類。即使是等級封頂的貴大，也存在著極限。他說不定能夠承受一大匙的劑量，但堆成小山丘高可就無法忍耐了。那麼多的劑量，放入口中的話難保能意識正常。

其實妮絲本來也該傳達出這個注意事項，卻似乎因為被喚為老師而飄飄然了起來。不只是忘記傳達重要事項，她甚至忘了這件事本身。

毫不知情的優米爾，正在替完成的焦糖煮蘋果試味道。

她的表情沒有變化，但頻頻點頭，看得出滿意之色。

或許是對滋味與效果感到滿意，她將卡士達醬塗上剛烤好的塔皮，堆疊上蘋果。逐步製作起能讓人感到幸福的水果塔。

「……好了。」

而後，使用大量妖精粉末的水果塔完成了。

終究還是完成了。

「喔喔，今天真是豐盛啊！」

回到家的貴大，迎接他的是優米爾親手做的數道料理。

烤雞腿肉配上天然酵母製成的圓麵包。

新鮮蔬菜拌上鹽和醋和少量檸檬汁做成沙拉。

然後最引人注目的，是散發著甘甜香氣的蘋果塔。

「……為了慶祝主人重新開始工作。」

「喔、喔喔。這樣啊。不好意思啊。」

自從貴大回到家後，優米爾就對他莫名溫柔。

之前結束工作或休假日時她同樣很溫柔，但昨天和今天尤其積極。

這也代表她這段時間格外寂寞吧。貴大難以消除心中的罪惡感。

「那麼，就開動吧。」

「……請用。」

看來今天會一起吃飯。

前陣子，她總是待在身旁侍奉著自己，讓他怎樣也無法放鬆。

貴大與優米爾面對面，享用著比起平日還要豪華的美味料理。

「呼～吃飽了吃飽了。」

不久後吃完晚餐，貴大滿足地發出嘆息。

然而，還沒有結束。還有飯後甜點。

「……來，主人，請慢用。」

「喔喔！看起來真好吃！那就馬上，我開動啦～！」

用手拿起，湊近嘴邊，甘甜香氣更為濃郁。

光是這樣就很美味——散發出讓人如此確信的香味。

已經讓人無法在意禮儀了。貴大張大嘴巴，大口咬下手掌大的水果塔。

「這、這個味道是……！」

咀嚼蘋果塔，嚥下喉嚨的瞬間，貴大的身體被未知的感覺給支配了。

是從未品嚐過的滋味。蘋果的酸味，與鋪在塔皮上的卡士達醬的甘甜相互提攜，逐步攀爬上滋味更加曼妙的階梯。

而且，潛藏在深處的香氣是什麼呢？那將蘋果塔這平凡無奇的料理一舉昇華成了奇蹟料理。

不知道裡頭加了什麼。雖不清楚，只是一心一意地感到美味。

（唔喔喔！超好吃啊啊啊啊！）

前所未有的味蕾體驗，讓貴大彷彿喝醉酒般陶醉。

（啊～好幸福啊。）

（世界好美麗啊啊啊。）

（水果塔好好吃吃吃吃吃吃吃。）

然後貴大就失去意識了。

「…………」

貴大攤趴在桌上，露出一臉幸福的表情。

優米爾見狀，滿意地點點頭，收拾起空空如也的餐盤。

—4—

回過神來已經是早上了。

「……咦？」

自己究竟是什麼時候睡著的？

結束工作後，打開家門——

截至這裡為止還有辦法回想，只是思忖在這之後的事腦袋就會引發鈍痛。

（最近老是這樣。）

該不會是青年健忘症吧。他聽說年過二十歲後身體各處會逐漸劣化，沒想到是真的。

然而，一個人在這裡埋頭苦惱也於事無補。

快點起床，詢問優米爾究竟發生什麼事情了吧。

貴大如此心想，從床上起來，換上平日穿著的服裝後走出房間。

「早安～……咦？不在嗎？」

起居室裡空無一人。

「她還在睡覺嗎？」

唯有優米爾，應該不會出現這種情況才對——

貴大歪歪腦袋，此時從和起居室連在一起的廚房那裡聽見了腳步聲。

「什麼嘛，原來是在準備早餐啊。」

總是勞煩她了。貴大心想偶爾也要好好向她道謝而走近。

咦咦？

優米爾小姐？

「……早安，主人。」

「喔、喔喔，嗯，早安。」

「……今天的工作，上午要協助莫里商會搬運貨物。下午則是前往孤兒院進行義工活動。工作量並不大，請好好加油。」

「這樣啊……」

「……早餐就快做好了，請稍候。」

「啊，喔，謝謝。」

「……那麼先失陪了。」

「不，我、我說啊。可以稍微問妳一下嗎？」

「……是，請問要問些什麼呢？」

「為什麼妳要穿裸體圍裙……？」

覆蓋住起伏不大的胸部到膝蓋上方，令人感到眩目的純白圍裙。

多虧有圍裙，身體前面有好好遮住，然而平常看不見的潔白肌膚暴露無遺。

除此之外由於對方的姿勢正在轉身，小巧的臀部怎樣都會映入眼簾。

（這是怎樣？）

到底是什麼時候立了旗標啊？

失去昨天的記憶也是因為這個原因嗎？

但是，究竟是發生了何等異變，優米爾才會做出這種打扮？

（咦咦？到底怎麼回事？）

莫非，自己說不定又穿越到新的異世界了。

時間稍微回溯，這裡是昨晚的夢境裡。

在那裡等待優米爾的，是妖精三姊妹的長女菲雅。

「妳終於來了啊。呵呵，今天的老師是我喔。」

「……請多多指教，菲雅老師。」

對於恭敬低下頭的少女，菲雅一臉得意。

「事不宜遲，優米爾，妳知道男人最重視什麼嗎？」

男人最重視的東西。

被如此提問，優米爾開始思考她身邊的男性，也就是貴大的事情。

「……是……睡眠嗎？」

「不對不對。不是那個。那是對小嬰兒而言很重要的。」

或許真的是這樣，優米爾心想。

即使回答說是睡眠，優米爾仍不明白什麼才是最重要的。

從此事理解到自己的無知，她稍微感到羞恥。

「真拿妳沒辦法。聽好嘍。男人啊，最喜歡色色的事情啦。」

「……色色的事情？」

「沒錯，色色的事情。那是男人最為重視的。」

如此斷言的妖精，趾高氣昂地繼續說道：

「男人啊，腦袋裡總是塞滿了色情的思想。就是一直好想好想做色色的事情，想做到不行的生物。」

「……竟然。」

優米爾出自驚訝而瞪大雙眼。

見狀，菲雅更加得意了。

她漸漸變得嘮叨，持續道出男人為何物。

「無論是裝作多認真的人，其實都只是在思考色色的事情。就連貴大，剛來到這裡時也對我深深著迷了呢！」

「……主人他？」

「是、是啊！沒錯喔！」

其實她完全沒被放在眼裡，得意忘形的菲雅不小心撒謊了。

天生的自尊心使她已經無法說出實話。為了鞏固謊言，她接著堆疊話語。

「貴大也是，他說不定只是在妳面前裝作正經，但只要遇上我的魅力，他啊，簡直就是……野獸。沒錯，他變成了野獸！」

「……野獸……是嗎？」

優米爾的腦海裡，浮現出待在奴隸市場時的痛苦記憶。

野獸——屢次前來購買奴隸的肥胖貴族，其他奴隸總是這樣稱呼他。

她可不能讓主人變成那副模樣。優米爾微微皺起臉來。

「……不好意思，我不想讓主人變成野獸。雖有幸獲得傳授，但就當作沒這回事吧。」

優米爾說道，深深低下頭來。

老師角色的菲雅為之慌張。

「等、等一下啦！為什麼野獸不好？」

菲雅拚命地打算挽留她。

若是今天的授課突然中止的話，長女的尊嚴可是會掃地。

（她以為）妹妹們授課成功，自己卻失敗的話，那可不行。

至少得知道理由，她飛舞圍繞在優米爾身邊。

「……可是，變成野獸，也是因為把●●●給▲▲▲了吧？」

「……▲▲▲是什麼？」

在此，自稱「好女人」的菲雅展露了她的極限。

菲雅出生以來就擁有【妖精的誘惑】這項技能。

多虧如此，任何男人都會聚集在菲雅身邊，只是菲雅終究害怕與他們有所接觸，最多也只是到牽手的程度就告終了。雖然對色色的話題抱持興趣，但實行上實在太過純真。

另一方面，優米爾則是成長於奴隸市場。

何止是色情之事，她老早見識過各種無法用言詞比喻的卑劣猥褻行為，也深深知情。出自會降低商品價值的理由，她沒被出手，不過單就知識而言她可是理解得相當深層。

兩人聽到野獸這單字所浮現出的影像，當然也是天差地遠。

「……所謂的▲▲▲，就是把男性的●●●放到女性的■■■。」

「嗯嗯嗯……咦咦……？哎呀，呀呀呀……！」

聽見優米爾的解說，菲雅的腦袋逐漸沸騰。

對平時光是「○○和××親親啦」的話題就聒噪尖叫的她而言，原本是奴隸的優米爾的

話題太過猛烈了。她的頭頂冒出蒸氣，拚命搖頭要求停止。

「等、等等等等！夠了！已經夠了！」

「……我明白了。」

相較於淡漠的優米爾，菲雅差點喘不過氣。

菲雅頂著一張紅通通的臉，雙手貼在地面上，吐出紊亂的氣息。

「妳知道嗎？我所說的野獸，並沒有野蠻到那種地步。是指對女孩子深深迷戀的男人的意思。是在形容對女孩子言聽計從的男人啦。絕對不是剛才妳說的那種……那個……這樣那樣……咳咳，並不是指會對女孩子做出那麼過分事情的人啦。」

「……原來是這樣啊。我做出天大的誤會了。非常抱歉。」

看見優米爾坦率地垂下頭來道歉，菲雅發出鬆口氣般的嘆息。

「妳呀，要是貴大對妳言聽計從也會很高興吧？務必要讓他變成野獸喔。」

「……的確。那麼，請教導我方法吧。」

要讓他對工作充滿活力，絕對不會丟下她一個人。

為成就理想的貴大，務必得請對方傳授她手段。優米爾心情焦急地向菲雅求教。

「可以呀，那麼，耳朵靠過來一下。」

「……好的。」

呢呢喃喃，彷彿為了不讓其他人聽見，菲雅在耳邊細語。

不久，或許是傳授完畢了，她離開優米爾耳邊。

然後扠著腰，逞逞威風。

「好了，就用這個情境讓貴大徹底著迷吧！」

「……好的，老師。」

早就熟知▲▲▲的優米爾，就這樣直接讓她上陣，真的可以嗎？菲雅受到不安驅使，然而都到這種地步了怎麼可以喊停，這也是她的天性。

（早晨的裸體圍裙，確實有其效果。）

只用一件圍裙纏繞赤裸肌膚的模樣，貴大看來很感興趣。

他再三追問「為什麼要做出那種裝扮」，對優米爾的身體各處投以視線。之後到了工作時間，拜託他「請去工作吧」以後，結果他以目前為止從未有過的飛快速度跑出門了。原來如此，這就是菲雅所說的「為女孩深深迷戀的男人」嗎？的確，似乎會對她言聽計從。

只是，今天晚上又該如何呢？

她獲得傳授的各種情境裡，裸體圍裙可以透過手邊的圍裙來實施。剩下的情境，她因為沒有吻合的服裝而無法施行。所需的盡是些特殊服裝，購買的話會花上一大筆錢。頻繁做出

奢侈的行為可不好。

不過，那究竟該怎麼辦呢？光靠她一個人實在尋不出解答。

「……這種情況，就拜託那個人吧。」

訂下目標的話，就得立刻展開行動。

為了拜訪可靠的附近鄰居，優米爾走出家門。

「伊貝塔小姐。您在嗎，伊貝塔小姐？」

從「自由人生」徒步約五分鐘。

櫛比鱗次的公寓住宅裡，優米爾造訪了其中一間。

「……伊貝塔小姐，您在家嗎？」

公寓住宅當中的一間房，優米爾敲了好幾次門。

過一段時間後，房門打開了。當下滿溢出香水的氣息。

「來啦～是誰呢～？哎呀，小優米。」

房間的主人，是娼婦伊貝塔・卡洛尼。

這名用居家服舒適包裹住豐滿胴體的女性，將優米爾抱進胸裡，用著搔癢耳朵般的甜蜜聲音詢問。

「怎麼啦～？」

「……其實，我有事情想拜託您。」

伊貝塔像是擁抱小狗狗般將優米爾埋進胸部裡。

她一聽見優米爾「有事相求」，滿面喜色，發出感動至極的聲音。

「哎呀！哎呀哎呀哎呀！討厭，我好開心喲，怎麼辦！小優米終於對我敞開心房了呀！可以喲～姊姊什麼都聽妳說！」

「…………」

「來吧來吧，進來裡面吧？雖然也是別人給我的，但是有好吃的餅乾喲♪我們一邊吃一邊聊吧？」

即使想要回應，但連呼吸都很困難。

陷進伊貝塔豐滿胸部裡的優米爾連呻吟都發不出聲。

不過，提出請求的她無從抵抗，優米爾就這樣像個人偶般被帶進房間裡。

「那麼，要拜託我什麼事呢？」

「……是的，這次的請求，和服裝有關。」

「服裝？」

伊貝塔困惑地傾斜腦袋。

身為成熟女性的她，舉止卻似少女。

清新乾爽的黑髮，眼角有顆淚痣相隨，散發出妖豔的魅力。

原來如此，之所以能成為中級區大叔們的偶像，合情合理。

「……沒錯，衣服。其實，有人教導我可以讓主人深深著迷的情境，只是我手邊沒有可以實現情境的服裝……雖然裸體圍裙已經成功了。」

「哎呀！」

咦咦？伊貝塔的樣子很奇怪。

她格外神采飛揚。

「哎呀哎呀哎呀♪妳終於打算開始攻略那個晚熟的小貴了嗎？真棒～這是愛呀～♪真沒想到會由小優米自己說出這番話。」

「……那個……」

「是呀！為了這個，『武器』是必須的呀！等等我喔，小優米！店裡面有小號的衣服，我去拿過來。」

「……武器？」

優米爾想要的是衣服。莫非是溝通不良嗎？

總之，對方也說要拿衣服過來，應該沒問題吧——她想這麼認為。即使有股不妙的預感，這也是為了達成目的。因此決定刻意忽視。

然而，在這之後——

「很好喲……沒有男人能夠抵抗這件衣服的！要加油喲，小優米！」

「……是的。」

結果，整整被拘束了一小時。

讓優米爾反反覆覆換上衣服又脫掉，換上衣服又脫掉，伊貝塔露出非常滿足的表情。

不過，無論如何，服裝湊齊了。

（好，只要有這些的話……）

—5—

（最近，優米爾的樣子很奇怪。）

從我回來開始，就相當怪異。

一下哭泣，一下變得異常溫柔，或是換上裸體圍裙。

是壓力太大嗎？還是說有其他理由呢？

今天晚餐時穿著平常的女僕裝，可是如果明天早上又是裸體圍裙的話我可無法忍受。如果那時候薰也不巧來了，可找不到理由解釋。

「到底怎麼了啊？」

找個人請教一下好了。

不，問這種話題，只會單方面地被當成變態而已。

那個優米爾會主動穿上裸體圍裙什麼的——

任何人都不會相信吧。

「實在沒有頭緒啊。」

我躺在床上，發出不知道是第幾次的嘆息。

然後——

「……嗯？」

聽見了自己房門打開的聲音。

「是優米嗎？」

可是打開的房門外，卻看不見任何人。

「……什麼啊？」

是門沒有關好嗎？

我心想，起身打算關上門。

接著，看見走廊下突然冒出的一雙腿。

「…………啥？」

是優米爾藏在走廊的陰影處，伸長雙腿嗎？

但是，為什麼要這麼做？

在我混亂的期間，伸出的腿縮回去了。

取而代之，優米爾小姐理直氣壯地入侵我的房間。

優米爾不知為何穿著豹紋圖樣的緊身迷你套裝，相同圖樣的長襪上扣著吊襪帶。還相當仔細地戴上豹耳髮箍。

這隻珍奇異獸，在我眼前停下動作——

彎下來伸長背脊，抬頭望向我。

「……您覺得怎麼樣？」

什麼怎麼樣？

妳的腦袋怎麼樣嗎？

在我難以回答時——

「……不合您的喜好嗎？」

優米爾忽然站起來，離開房間了。

「……喵。」

離開時又回過頭來，輕輕握起兩手拳頭，像是貓手般彎曲並搭在頭旁邊。

普通的女孩子做這舉動的話或許很可愛，只是由打扮成那副模樣並且面無表情的優米爾來做，令人產生一股被妖貓威嚇的心情。

「……這也不合您的喜好嗎？」

啪噠啪噠，這次優米爾真的離開房間了。

（什麼？到、到底發生了什麼事……！）

完全搞不懂這是什麼意思。優米爾也沒有解釋。

然而優米爾卻什麼也沒說地，這次換上幼稚園兒童的制服走進房間。

「…………」

肩膀上揹著幼稚園包包，還戴著幼稚園帽子。

而且制服還做得很精細。散發出一股莫名堅持的瘋狂感。

「……您覺得怎麼樣？」

優米爾說道，嘴巴含著大拇指，凝視著我。

什麼？從下往上看的眼神已經成為常態了嗎？

「啊，呃呃，唔。」

無法闔起的嘴巴裡，漏出不成意義的含糊聲音。

或許是把這聲音解讀成了ＹＥＳ，幼稚園兒童這次滿足地離開了房間。

然而事態並未因此結束，優米爾接二連三地開始換裝。

「啊哇哇，啊哇哇哇……救、救命啊……！」

我可沒有足以對抗這個異常狀況的本事。

宛如被捲入暴風雨般的小船，我只能遭受翻弄。

兔女郎裝、超小比基尼、女騎士裝扮，以及煽情的舞孃服裝。

被迫看個仔細的我——

我已經——！

在這之後，我夢見自己被無數個優米爾給包圍，冷汗浸濕，嚇得驚醒。

「呼、呼、呼！」

真的，我真的徹底在反省離家出走這件事了，請差不多該原諒我了。

自由人生
異世界萬事通奮鬥記

幕間劇「賢妻良母的淫魔小姐」

某天休假日的午後。

貴大行走在街上，巧遇了伊貝塔。

「咦咦？」

「哎呀。」

雙方雖然是鄰居，但在這種地方偶遇是第一次。

中級區東部的商店街。這裡大多是販售服飾類的店鋪，姑且不論伊貝塔，貴大會來到此地甚是稀奇。

「小貴也來買東西嗎？」

「嗯，是啊。我來買圍巾。」

「哎呀，你跟我說一聲，我可以織給你呀。」

伊貝塔提著的，是裝著毛線球的提籃。

裡頭似乎也有編織到一半、像是毛線衣的東西。她大概是和附近的工匠打聽今年的流行款式，正打算回去的樣子。
（她還是老樣子，很擅長做這種事啊。）
伊貝塔雖然是娼婦，但也是相當具有家庭氣息的女性。
家事萬能，興趣是編織和製作飾品。栽培著幾盆觀葉植物，整齊的房間裡擺設著可愛的裝飾物，宛如品格高貴的年輕夫人。
而且她非常善於照顧人，教導了優米爾許多事情——
只是那並非代表不會發生問題。
「話說回來，那是伊貝塔小姐做的吧。」
「什麼事？」
「就是給優米爾出的那些點子。」
「啊啊，那個啊。」
伊貝塔開心地微笑著。
想必她毫無惡意吧。
不如說，她甚至認為自己做了好事。
貴大心想這方面的認知不同果然是人類與淫魔之間的差異，同時說道：
「請饒了我吧。多虧妳，我晚上都沒辦法睡了。」

「哎呀？該不會是……無法滿足？」
「那是當然的吧？妳以為我是什麼啊。」
至少，他可不是看到幼稚園兒童制服會高興的變態。
貴大原本打算繼續說下去——
「哎呀~……真是抱歉呢~……」
伊貝塔比想像中還來得失落。
她果然沒有惡意吧。因此察覺自己的失敗後，才會如此沮喪。
（我似乎說得太過頭了。）
他以尖銳言詞回答了他人的善意。
貴大稍微反省自己的過失，打算向伊貝塔道歉時——
「不過你放心！我已經想好下一個對策了！」
「啥？」
「來，這個！」
「什麼？」
「我就想說會發生這種情況，所以剛才在那邊的店買好嘍！」
「什麼啊啊啊啊啊？」

提籃深處，在編織到一半的毛線衣底下，是淡紫色的連身睡衣。
而且是特別煽情的設計，睡衣各處都呈現半透明狀態。
這是什麼啊？到底是怎樣，這種沒有必要的色情睡衣。
貴大無法掩飾動搖。
「這樣小貴也會心滿意足的！」
「別這樣！」
「尺寸很適合小優米喲！」
「住手！」
「我相信，絕對會很帶感的！」
「不要說得那麼露骨啦！」
看似品味高尚的大姊姊或年輕夫人——
實際上除了色情想法以外別無所思的淫魔，此刻終於顯露出本性。
眼眸綻放出妖異的紫色光芒，長出角與翅膀，用長長的尾巴纏繞住貴大的手臂。
是淫魔。無庸置疑是個淫魔。被這個淫魔在光天化日的街道上逼近——
「要不然，我一起加入嘛！」
「不要啊啊啊啊！」

貴大面臨了羞恥到極致的遭遇。

END

第六章　跨年篇

—1—

（分菜給他……沒錯，我只是為了分菜給他才過來的……）

十二月三十一日。接近年關的王都，人潮稀疏。

那也無可奈何，薰心想。

要凍僵人般的寒冷也是原因之一，不過這個國家並沒有在除夕進行特別活動的習俗。除夕夜就在家中與家人共度，新年節慶以後再和友人或戀人外出遊玩。這是伊森德王國自古以來的年末年初。

因此，根據潛規則，共度今夜的對象只會是家人，或是等同於家人的親密對象而已。等同於家人的親密對象。換言之，是未來相許的對象。

意識到這點，即使身在寒空之下，薰仍像是被煮熟了般渾身發燙。

（才不是！不是不是！只是因為平常受貴大的照顧……爸爸和媽媽要我把料理分給他，

才把我趕出門……）

經營大眾食堂「滿腹亭」的羅克亞德一家，是雙親與薰構成的三人家庭。

由於在搬來王都以前都住在祖父的房子裡，僅有三人的除夕夜令她倍感新鮮。

才剛這麼想，就發生了這種事。

父親曉將親手做的料理滿滿地擺進籃子裡，母親凱特則是——

「因為爸爸和媽媽要度過兩人獨處的熱～情夜晚♪」

這麼說道，然後把女兒趕出去，拒之門外。

情勢發展未免也快過頭了，混亂狀態的薰敲打著「滿腹亭」後門的門扇。

「你們在說什麼啊？待在外面的話，會凍死的啦！」

回應她悲痛叫喊的是——

「那麼，你就去貴大那裡不就得了嗎？」

「喔喔，那真是個好辦法！哇——哈哈哈！」

如此這般，只是個完全能看出他們在打什麼算盤的提案。

（真是的～！那兩個人！我和貴大明明不是那種關係。）

一面抱怨，薰最後還是前往貴大的家。

畢竟雙親不讓她進家門，這也沒辦法。這都是為了把帶來的料理分給對方而已。她這麼

說服自己，稍微加快腳步行走在巷弄裡。

（只是因為很冷……我只是因為很冷才走這麼快……）

不知為何替焦急的心情找藉口，不一會兒就看到「自由人生」的玄關門了。薰輕輕放下提籃，連忙檢查自己手織的毛線衣有沒有綻開，針織帽有沒有歪掉。

（嗯……很好！沒問題。）

點點頭後再次拿起提籃。

接著，她將力氣集中在腹部，敲敲「自由人生」的玄關門。

「晚安～貴大、小優米，你們在嗎？」

起居室的窗戶，窗簾的縫隙裡滲透出溫暖的光芒。

他們肯定是聚在暖爐前歇息了吧。兩個人和和睦睦地一起度過除夕夜才對。

（……該不會，打擾到他們了？）

察覺到此事的薰，稍微開始焦急時——

發出喀嚓的聲音，門打開了。

「嗯？妳是哪位？這種時間有什麼事嗎？」

站在燈光前的，是纖瘦過頭的精靈女性。

有著弧度的黑髮垂至腰際，對方用困惑的表情調整眼鏡角度。

（她是誰呀？）

既不是貴大，也不是優米爾。

不是附近鄰居，也不是熟識。

那麼，為什麼，會在這裡——

薰開始陷入混亂，門扇裡頭卻接二連三冒出了其他人。

「怎麼啦？有客人嗎？」

冒險者公會長的女兒——艾露緹。

「汪？汪汪♪」

居住在孤兒院的犬獸人女孩——克露米亞。

「等一下，好冷啊。可以快點關上門嗎？」

甚至連身穿晚禮服的法蘭莎都現身了——

薰按捺不住發出叫聲。

「咦咦咦咦咦咦咦咦……………！」

接踵而至，總共四名美女與美少女。

為什麼會出現這麼多女人。最重要的那兩個人到哪裡去了呢？

焦慮的薰面前——貴大總算露面了。

「喔，怎麼，是薰啊。這種時間過來，怎麼了嗎？」

貴大從起居室的門裡稍微探出臉來。

他不知為何穿著圍裙，雙手沾裹著粉末。

優米爾不發一語地守候在他身旁。

「貴、貴大！今天是除夕夜對吧？我說，為什麼這裡這麼多人啊？」

薰逼近他身旁，開口追問。

不過當事人貴大卻像是難以啟齒似的，視線飄移了一陣——

大概是想不到適合的言詞，他以自暴自棄的語氣開始說明。

「不知不覺就聚集一堆人啦。我也只能這麼解釋了。」

看似疲累的貴大如此說道。

圍裙模樣的「自由人生」店主。

他的周圍，美少女們隨心所欲地各自行動。

—2—

「……主人，今天怎麼樣呢？」

萬事通「自由人生」的除夕夜，從這句話開始。

「什麼怎麼樣？」

難以理解優米爾所說的話，貴大一邊咬著烤土司，有氣無力地回問。對於遲鈍的他，優米爾追加了幾個詞句。

「……今天是除夕夜。您不做些『蕎麥麵』嗎？」

這麼說來的確有這件事啊，貴大想起來了。

一年前的冬天，他確實做了蕎麥麵。那時候剛把優米爾從奴隸市場帶回來沒多久，擔心食量少的優米爾，於是動手做些能方便嚥下的食物。

仍記得這件事的她，是表示還想再吃嗎？

貴大總覺得有點高興，摸摸優米爾的頭。

「好，那今年也做吧。畢竟是優米爾小姐的要求嘛。」

「……不，我沒這個意思。」

「別顧慮啦。」

貴大一面笑著，覺得這是個不壞的點子。

鑽進暖爐桌裡欣賞影像水晶，並且和優米爾兩個人一起吃跨年蕎麥麵。

最最近真的忙翻天了。除此之外，真的遭遇了各式各樣相當怪異的事。

要替如此紛亂的一年進行收尾，這是最完美的情境。除夕夜至少要悠哉度過，沒有比這更棒的方式了吧。

「好啦~那麼，出發去市場嘍！」

貴大罕見地躍躍欲試，為了採買蕎麥麵的材料，迅速將早飯塞進胃袋，離開座位。

「汪、汪汪！」

「哎呀，真稀奇呢。竟然能在這種地方遇見貴大先生。」

食材與辛香料、防寒衣物與相關材料、外帶專用的料理、柴薪等燃料，甚至個人愛好品都滿滿地擺在這大市場。被譽為中級區的廚房的露天市場裡，貴大和優米爾巧遇了露朵絲以及克露米亞。

「啊，露朵絲小姐，妳好。克露米亞在這麼寒冷的天氣也很有精神啊。」

「……您好。」

才剛打完招呼，克露米亞馬上就和貴大及優米爾嬉戲了起來。

一下被抱緊，一下被胡亂舔舐臉頰的貴大同時和露朵絲開始交談。

「露朵絲小姐也是為了準備除夕才來的嗎？」

「是的，我們家是大家庭嘛，因此準備也很大費周章。保存糧食的話大家都有勤勞地在製作因此還挺充裕的，但是像是豬腳香腸或燉魚的材料，還是新鮮點比較好。所以我才會像這樣帶著力氣大的克露米亞來市場裡採買。」

被稱讚力氣大的少女，以得意洋洋的笑容看向貴大。

她的尾巴像是快要變成碎片似的不斷搖晃。

「好好好，克露米亞真偉大。」

「汪汪♪」

被摸摸頭，克露米亞很舒服似的眯起眼睛。

見這溫馨場景，修女也摀住嘴巴咯咯笑了起來。

「呵呵呵……你們兩個已經這麼要好了呢。」

「汪嗚——♪」

「唔哇，別這樣，住手啦。」

想表達確實如此般，克露米亞又壓倒貴大開始撒嬌了。

貴大的臉被舔來舔去，彎起身體打算抵抗，卻無法承受而差點跌倒。見那有趣的情景，露朵絲不禁發出笑聲。

「啊哈哈哈……！不、不好意思，很失禮對吧，呼呼，不好意——呵呵。」

真的有那麼有趣嗎，露朵絲笑到身體都彎下了。或許她這個人笑點很低，一度開懷大笑以後就難以收拾，最後，花了將近五分鐘她才冷靜下來。

「不好意思，我竟然笑成那樣……不過，貴大先生困擾的表情，總覺得很有趣。」

「不不不，沒關係啦，沒什麼。」

四個人變更場所，來到市場外圍的休憩所談笑歡聲。

另一方面，克露米亞與優米爾——

「汪？」

「……是的。」

「汪汪？」

「……您還真清楚呢。」

正在展開謎樣的對話——

硬是放著那樣的兩人不管，貴大繼續與露朵絲閒話家常。

「話說回來，貴大先生買了些什麼呢？果然是魚對吧。還是說像我們一樣，特地買了肉呢？」

面向海的格蘭菲利亞漁業興盛。

比起肉，魚貝類更容易得手，庶民們大多都是食用魚與貝類。

然而像今天這樣的日子，購買一些價格較高昂的肉類也無妨才是——

「不，我今天是來買蕎麥粉的。」

「蕎麥？雜穀粥……不，既然是粉，是打算做義大利麵或可麗餅嗎？」

對於思考著魚或肉的露朵絲而言，還真是意外的答案。

除夕時以魚或肉類料理為主菜，沙拉和湯、麵包、麵類等等不過只是被作為陪襯而已。

因此，像今天的日子詢問「你買了什麼」時，「買了新鮮的鮭魚」、「今年雖然有點貴，但機會難得所以買了扇貝」、「狠下心來買了肉」是最為普遍的回答。像現在這樣「買了蕎麥粉」的答案，露朵絲可是出生以來首次聽聞。

「義大利麵……啊，這麼說來也算是義大利麵。用蕎麥粉做出來的麵，倒進高湯……倒進熱湯裡吃掉。」

「哎呀，原來是這樣。」

這時，露朵絲她——

（我問了不該問的事情了。）

感到後悔了。

燉菜與熱湯，是庶民們為了果腹而幾乎每天食用的料理。即使材料寒酸稀少，至少也能帶來飽足感，因此越貧窮的家庭越會多加水來增加分量。

然而，今天可是節慶。一年一度的除夕夜至少吃頓豪華餐點也不為過。

儘管如此，這個萬事通的店主卻說要吃「加入義大利麵的熱湯」。

「那個……沒有其他料理了嗎？」

如果餐桌上只有「加入義大利麵的熱湯」，那未免也太儉樸了。

他們看起來不像是生活艱難到那種地步，但實際上說不定很窮困。露朵絲旁敲側擊地打探。

「是會放上炸蝦啦，除此之外沒有其他料理了。放上一隻大大的炸蝦天婦羅，很豪華對吧？畢竟是除夕，這樣就已經足夠了。」

「嗚嗚……！」

對方那副悠然自得的態度，讓露朵絲終於難以忍受，發出嗚咽聲。

說是放上炸蝦的湯麵就夠了，但她聽說今年的蝦類大豐收，蕎麥粉也不是那麼昂貴的食材。換言之，即使說得像是豐盛大餐，實際上也是貧窮的粗食。

貴大卻逞強地不打算表現出貧窮。

一顧及他心中的想法，露朵絲的胸口彷彿也跟著隱隱作痛。

（有沒有什麼我能辦到的事情呢？）

像是施捨般將食物交給他，也只會傷害他的自尊心。

但也不能無動於衷，當然也不能毫無理由地就把食物送給他——面臨四處碰壁的情況，露朵絲深深感到自己的無能為力。

儘管如此，有人朝露朵絲伸出了援手。

「汪，我想去。我想去貴大那裡吃飯！」

看來是回想起前陣子的咖哩滋味了吧。

克露米亞雙眼發亮，搖搖尾巴，反覆說著「我想吃吃看蕎麥麵」。見狀，露朵絲的腦內降臨了天啟。

（如果他們願意照顧克露米亞，以這個理由送料理給他們的話應該可以吧？）

克露米亞可以品嚐到貴大所做的料理。

投桃報李，貴大和優米爾也能吃到有營養的食物。

真是所有人都可以獲得幸福的好點子，露朵絲趕緊出面。

「哎呀，這孩子真是的……但是，話一說出口就難以收回嘍。貴大先生，難得的除夕夜真是不好意思，但是可以讓這孩子吃吃看湯麵嗎？」

「嗯？其實並不是那麼厲害的料理……克露米亞，妳那麼想吃吃看嗎？」

「汪！」

搖晃尾巴的狗狗，精神飽滿地回答。

被滿懷期待的目光盯著，貴大也沒轍了。

他一面喃喃真是沒辦法，臉上浮現出笑容。

「那麼，傍晚的時候就來我們家吧。」

「汪♪」

貴大摸摸克露米亞的頭，再次轉向露朵絲。

「那麼我會先準備好，請她在太陽下山以前過來吧。」

「好的。不好意思，克露米亞就麻煩你們照顧了。」

「別這麼說。」

露朵絲低下頭來行禮，一邊心想如此一來，今年年關大家都能獲得幸福，向神明與克露米亞獻上感謝。

「所以說，為什麼妳會在這裡？」

結束採買，貴大邊走邊吃著買來的小吃，悠悠哉哉地回到家中，在那等待他的是身材細瘦的女精靈。

埃爾倚靠在玄關旁讀著書。

察覺到貴大等人，她扶正歪斜的眼鏡，意氣揚揚地搭話。

「沒什麼啦，今天本來是你到圖書館的日子對吧？只是不管到了幾點你都沒來，我問管理員以後才發現今天是除夕啊。我這才知道你不可能會來，但還是很想讀讀《藝術維基》。到了現在，我感覺一星期不讀一次就好像會發瘋啊，哈哈哈。」

儘管她的口氣像是在說笑，但貴大知道這根本就不是玩笑話。

千絲萬縷散亂的黑髮宛如觸手般騷動，目光銳利閃爍逼近而來的女人。

在地上攀爬，以蜘蛛般的動作無聲無息襲擊獵物的怪物。

光是知情那抹姿態，一聽見埃爾說「我好像會發瘋」，貴大直到現在仍會感到背脊凍僵。

他心想自己可不想再應付怨靈了，一面嘆氣，一面帶領埃爾進到他家裡。

「喔喔，真是很有意思呢。西洋風格的起居室，連結著東洋風格的小房間。這該不會就是榻榻米吧？那麼，這邊就是進入室內時的台階了。」

通過起居室的埃爾，毫無顧慮地走向台階。

她把眼鏡向上推，眼睛細細瞇起觀察榻榻米的縫線。接著大力拍擊確認強韌度，再滾來滾去確認躺起來的舒適度。這毫不客氣的精靈比大鬧時要來得好多了，貴大因此放任她。

「要讀 @wiki 也可以，不過晚上妳就要回去喔。今天是除夕，偶爾也回自己家一趟吧。」

貴大說道，打算前往廚房時——

「喔，關於那個啊，其實我弄丟家裡的鑰匙了。已經大概有三年沒回家了，也想不起來鑰匙放在哪裡啦。我想應該是埋在研究室的書山下面，但是要推倒那座山脈是項難題啊。」

「什麼？」

既然無法回家，就代表她得在某個地方度過除夕。

面對啞口無言的貴大，她繼續說道：

「警衛會休假，因此圖書館也會在年末年初的時候完全閉館啊。多虧這點，我沒地方住了。直到去年為止還可以到精靈朋友那裡借助，不過她也因為結婚而回到森林裡了。哎呀哎呀，真是困擾。」

「不是有旅館嗎，旅館！」

「這種時節，到處都人滿為患啊。配合新年祭典，我聽圖書館管理員說，連愛情賓館都排滿房間了。」

聽到這裡，貴大像是忍受頭痛般按壓太陽穴。看來能漸漸猜出她的意圖了。即使如此，他還是向「說不定是自己搞錯了」的一絲可能性做出賭注，戰戰兢兢地詢問：

「所以，妳今晚要睡哪兒？」

接著埃爾用著花開般的表情般綻放微笑。

「當然是這裡啊，這裡。」

「別開玩笑了，回家，給我回家！誰會答應那種事啊！」

貴大相當激昂。有埃爾這個麻煩製造機在，無法想像會發生什麼災難。他雖然許可對方進家門，但論及借宿過夜，則展現出堅定拒絕的姿態。

不過埃爾也沒退讓，以強硬的態度攀住貴大的腳。

「求求你嘛！除了你以外我沒有人可以拜託了啊！管理員他們也不知道為什麼，全都鐵青著臉搖頭拒絕我！」

貴大心想那根本是自作自受，打算甩開她。

結果埃爾的表情看來越來越被逼到絕境，讓貴大感到退縮。

「拜託你！拜託你了啦！才白天就這麼冷了，要是在外頭度過一晚，虛弱的我一眨眼就會變成『雪人』了啦！」

年長的女性竟然像這樣忽視羞恥心與名譽，哭著懇求比她年輕的男性，看來真的是四面楚歌了吧。貴大不禁無話可說。將對方的反應視為好機會，埃爾接著用諂媚的聲音苦苦哀求。

「拜託嘛，我不會給你添麻煩喔！我會乖乖的。只要給我《藝術維基》，我就和裝飾品沒什麼兩樣喲！你就當作是收留等身大的人偶一個晚上，不會有任何困擾的吧？對吧？」

哪有可能啊。就算是人偶，也慎重拒絕。

儘管如此，對方懇求的模樣太過悽慘，令人心生動搖——

貴大最終還是妥協了。

「唉……我知道了啦。只有今天晚上妳可以待在我家。但是，絕對不能給我引起騷動喔！要是一出問題就馬上把妳趕出去。」

「嗯！我也說過不會給你添麻煩了吧？我可是遵守約定的女人！」

真的會守信用嗎？貴大無法揮除不好的預感。

「請問有人在家嗎？」

決定讓埃爾借宿，客房也準備好棉被後，又過了一段時間。

有人敲著「自由人生」的玄關門。時間還有點早，是克露米亞她們來了嗎？如此心想的貴大，不假思索地打開門扉。

「哎呀，由老師親自出來迎接真是不勝惶恐。法蘭莎·德·費爾迪南，前來進行除夕的招呼。」

然後他把門關上。

「老師？請問發生什麼事了嗎，貴大老師？」

叩叩，聽來是由中指指背敲擊門扇的高貴敲門聲響徹。伴隨敲門的，果然是大公爵家的千金法蘭莎的聲音。既不是幻覺也不是幻聽，貴大先鬆口氣撫撫胸口。

然而，貴族大人特地造訪中級區的一介住戶可是件大事。為做確認，他輕輕打開門。接

著，與剛才看到的相同，背對豪華奢侈裝飾的馬車，身穿毛皮大衣的法蘭莎就站在那兒。

「老師，您剛才是怎麼了呢？」

「喔，沒什麼，只是有點驚訝。」

「哎呀，您是在害羞嗎？呵呵，老師還真是靦腆呢。」

「就當作是那樣吧，嗯。」

「真是的！態度真冷淡。不過，這點也很有魅力喔，呵呵。」

始終心情極好的千金小姐與消極低落的平民。

雙方那沒有平衡性的對話仍在持續。

「然後，今天怎麼了？年末來這裡有什麼事？我可不記得我有出作業啊。」

貴大浮現出疑問，法蘭莎則露出別有用意的微笑反問他。

「呵呵呵……老師，我知道喲。」

（但我什麼都不知道啊。）

貴大已經死心了，盯著法蘭莎洋洋得意的臉。

千金大小姐不在意，斬釘截鐵地說：

「老師是打算進行寒冬鍛鍊吧？」

「……啥？」

「呵呵，唬弄我也沒有用喔。東洋的傳統文化裡，會在寒冷的天氣裡進行鍛鍊吧？根據傳聞，似乎是會在隆冬中游泳、互相吆喝後摔來摔去練習，接著最後再讓被淘汰的無力之人吃下名為『年糕』的東西對吧？因此死傷的人，我聽說不只十幾二十人。多麼可怕啊……但是，現在的我有自信可以度過這個試煉。」

「喔……」

「而且，我知情喔。剛才您招待埃爾老師進屋了對吧？在除夕夜這天，邀請了那位優秀的埃爾老師進屋。這個事實，就證明我所說的話了對吧？」

「喔……」

這傢伙究竟在說什麼鬼話？

感到莫名其妙而呆滯的貴大，以及得意微笑的法蘭莎。

混沌的現場——接著又出現了更麻煩的人。

「寒冬鍛鍊？那可不能裝作沒聽到啊。」

「是誰在那裡！」

住宅街的巷弄裡，一道紅色身影無聲無息地出現。

她的名字叫做艾露緹。艾露緹・布雷布・史卡雷特・卡斯提利亞！

同時也是擊倒惡鬼的英雄，瞄準貴大的「輕游擊手」。

「妳是——艾露緹小姐！」

「沒錯，是我。艾露緹・布雷布・史卡雷特・卡斯提利亞！」

艾露緹雙手扠腰，威風凜凜地報上姓名。完全不像是直到剛才為止都潛伏在巷弄裡跟蹤貴大所該有的毅然態度。

「好久不見呢，艾露緹小姐。妳究竟有什麼事情呢？」

「事情？有事情的應該是那傢伙才對。站在那不動的那傢伙。」

聽見這番話，法蘭莎微微一顫有所反應。

「寒冬鍛鍊啊。為了變強，你果然做了些什麼。是想著反正除夕夜也不會有人看見對吧？真是的，還真是讓人無法大意，你這個混蛋老鼠。」

「妳又來了嗎？請停止對老師的無禮發言。」

「啊啊？老鼠就是老鼠吧。」

「哎呀，這麼一來妳也是老鼠對吧？在巷弄裡偷偷摸摸地究竟在做些什麼呢？還是說，那裡才是妳的住處？」

「妳說什麼……！」

「雖說擊敗了憤怒的惡鬼，妳是不是多少有點驕傲了呢？做出貶低優秀之人的言詞，誤以為自己變偉大這種事還請妳克制。」

聽見這明顯的侮辱言詞，艾露緹的臉因為憤怒而漲紅。

「哈，說什麼啊！別以為是貴族就自視甚高了！妳要是太狂妄的話，我就使用全冒險者的力量來擊垮妳啊！」

「哎呀，好可怕好可怕。果然擁有『布雷布．史卡雷特．卡斯提利亞』這裝模作樣家名的人，不知會犯下什麼荒唐的行為呢。」

「啊啊？妳這傢伙才是，法蘭莎～什麼的，費爾迪南～什麼的，妳才是一副連腦漿都變成花田的天真又甜膩膩的名字吧！」

「妳說什麼！」

「怎樣啦！」

把貴大晾在一旁，兩人的口角仍在持續。

接續喋喋不休的言詞對應，發展成隨時都有可能扭打在一起的爭執。

就這樣把大門直接關上也可以吧。

只是這麼做的話下場應該很可怕。

站在馬車身旁的費爾迪南家的侍從們，以銳利的目光瞧向貴大。

在他們面前，貴大終究無法無視法蘭莎。

「接著克露米亞也過來了，妳也過來了……」

「嗯……」

「接二連三發展，然後就變成現在的狀態了。」

「嗯，我知道了……雖然不太懂，但我知道了。」

精靈待在家門前等待，然後貴族的千金小姐和跟蹤狂突然闖來，相約好的狗狗也抵達了。貴大如是說。

望向隨心所欲舒適待著的一群人，確實和貴大說明的一樣，但到底為什麼會演變成這種狀況呢？薰完全不明所以。說來，別提公爵了，她就連和男爵都沒有關聯。大貴族的千金與王國第一的天才，以及擊敗惡鬼的英雄，面對這番大人物們的出現，她甚至連該擺出何種態度都不清楚。

面對緊張到僵硬的薰，問題原因之千金小姐向她搭話。

「呵呵，用不著這麼緊繃。今晚是一年一次的除夕。並且，這裡也是你們庶民生活場所的中級區。所謂『入境隨俗』，不分身分地位，盡情歡樂也無妨。」

「是、是滴！」

一驚！地立正站好，薰咬到舌頭地回答。

貴大在一旁嘆息。狗狗們在安置於台階上的暖爐桌中縮成一團。

艾露緹四處環視起居室。埃爾在暖爐前埋首閱讀@wiki。

接著是在廚房旁待機，面無表情凝視來客們的優米爾。

簡直無統一感的光景，毫無除夕夜該有的氣氛。

—3—

「那麼，我開動了。」

「「「我開動了～」」」

不久，終於迎接晚餐時間。

總是寧靜的「自由人生」起居室裡，隨著數名客人變得熱鬧起來。

「哎呀，這就是老師故鄉所流傳的料理嗎？」

「是啊。」

「天啊，真好吃！高湯是用什麼熬的呢？」

「雞肉和青魚的烤魚乾。很不錯對吧？」

「這個炸蝦真棒呢。我雖然是精靈，但比較喜歡肉和魚蝦類。」

「汪嗚汪嗚！」

「啊啊，小克！咬那麼大口會燙傷喔。來，要呼～呼～地吹涼，呼～呼～！」

「是很好吃啦，不過量有點少啊。」

「……嘶嚕嘶嚕，呼呼，嘶嚕嘶嚕，呼呼。」

少女們大快朵頤的，是貴大所做的除夕蕎麥麵。

麵粉與蕎麥粉以二比八調配製成的蕎麥麵放入用雞與魚熬煮的高湯，上頭放隻稍微大點的炸蝦天婦羅。雖加入了切成碎末的蔥來添加風味，也僅只如此。

如果沒有薰帶來的香草烤鱸魚，以及露朵絲請克露米亞帶來的豬腳香腸，除夕夜的晚餐將會是不可理喻的寒酸樣。

而少女們毫無不滿地用餐著。

「唔嗯～還算可以啦。嘶嚕～」

貴大一面評價自己手打的蕎麥麵，發出聲音吸麵。

見狀，素行禮儀良好的一部分人稍微皺起臉。

「貴大，這樣很沒禮貌喔。義大利麵要像這樣，不發出聲音吃掉才行。」

埃爾用叉子捲起蕎麥麵，高貴地送入口中。

「老師？我並不會很在意，但是總有一天或許你會因此感到丟臉喔。」

法蘭莎說完後進行示範。不愧是貴族，相當講究禮儀。

與之產生對比，庶民女性們對禮儀則是很豁達。

「沒什麼關係吧？我們在吃飯的時候，吃相可是比這更髒喔。」

說出這話的，是知曉冒險者當中有較多粗野之人的艾露緹。

她將嘴貼近碗公邊緣，滋嚕滋嚕地連熱湯一起吸入蕎麥麵。

「汪嗚？」

克露米亞用拳頭握住叉子，嘴角垂下一條蕎麥麵麵條。

她露出「有什麼問題嗎？」般的不可思議表情，歪頭看向在腳邊吃飯的愛犬小金。

「我覺得哪種都沒關係啦。」

在大眾食堂擔任服務生的薰，看盡了將料理吃得亂灑飛散的人們。與之相比，吃麵發出聲音還算是可愛的了。

「……嘶嚕嘶嚕，呼呼，嘶嚕嘶嚕，呼呼。」

優米爾不說好也不說壞，專注地將喜愛的蕎麥麵送入口中。

小小的嘴巴無法一次放入大量麵條，於是她用筷子夾起一點，嘶嚕嘶嚕地吸入，呼呼地在口中弄涼。

沒打算介意她們，貴大滋嚕滋嚕地繼續吸入蕎麥麵。

「滋滋滋——……哼哼哼，無知真是種罪過啊……滋滋——……這在日本可是正宗的麵條吃法啊……滋滋滋……」

「什麼？」

「您說什麼！」

在驚訝的少女們面前，貴大得意地吸食蕎麥麵給她們看。

為了模仿他，法蘭莎立刻開始吸食起麵來，然而——

（要說沒禮貌，邊吃飯邊說話才比較沒禮貌吧。）

薰則是這麼心想。

「好了，飯也吃完了，妳們該回去啦。」

大致吃完料理、餐盤也差不多清理完畢的時間，貴大向舒適待在家中的一行人說道。除夕夜是只和親近之人悠閒度過的時間。而且，再過一下隔絕區域間的大門也會關閉。他的意思是在這之前快點回去吧——

回應他的，不知為何卻是疑問的聲音。

「哎呀？都還沒有開始寒冬鍛鍊就叫我們回去，您這番話還真奇妙呢。」

「對啊！快點展開寒冬鍛鍊吧！」

滿心認為貴大在進行祕密特訓的兩人，沒有要回去的意思。

「我已經得到許可啦。」

埃爾一副與她無關的模樣，閱讀著＠wiki。

「嗚嗚～嗚嗚～」

「汪嗚～汪嗚～」

克露米亞與小金，用眼神示意還想待久一點。

再加上薰──

「我、我呀？我從家裡被趕出來了……今天沒有地方可以過夜……」

她紅著臉，吞吞吐吐，難以啟齒似的舉手。

換句話說──

「妳們全部都要在我家跨年嗎？」

看來是如此。沒有任何人搖頭否定。

「是喔……這樣啊……」

都到這種地步了，即使是貴大也不想做出無謂的抵抗。

這種時候抵抗也沒用。反正對方也會強硬闖關。

放棄的貴大，陷進某張椅子裡。

「就這樣吧……已經沒關係了……」

他以自暴自棄般的口氣認可大家的借宿。

—4—

「那麼老師，寒冬鍛鍊呢？」

眾人各自以【呼叫】通知家人過夜的事項後，法蘭莎迫不及待地詢問。

「寒冬鍛鍊啊。」

當然，寒冬鍛鍊什麼的全是她的過度解讀。

貴大絲毫沒打算做那種麻煩到極點的事情。

然而，告訴她真話她也不會相信吧。必須蒙混過去。

「法蘭莎，聽好了。」

「是的。」

終於要進行東洋的傳統活動——寒冬鍛鍊了。

法蘭莎正襟危坐等待話語。對於這樣的她，貴大如此說道：

「妳所說的其實是古典的寒冬練習。和現代進行的有極大差異。」

「什麼……！」

被告知什麼也不懂的法蘭莎。放任她承受震驚，貴大訴說起最前端的流行。

「現在的日本，比起肉體，更看重於精神上的鍛鍊。因應一年的初始，鍛鍊心靈。懷抱這種意圖，大半數日本國民在年末時所不可或缺的活動……換句話說，那就是……」

「那就是……？」

「在暖爐桌前觀賞紅白歌唱大賽。」

語畢，貴大拿出了影像水晶。

「喔喔，這個真不錯。聽起來很新鮮啊。」

「這麼吵的音樂……『演歌』還可以理解，但這果然是種苦行嗎？讓人難以聽下去。」

「會嗎？不是聽起來還不錯嗎？」

「總之，音樂的喜好，大家都不一樣啦。」

在這之後，貴大一行人鑽入暖爐桌，欣賞紅白歌唱大賽。

一面聽著熱鬧的日本流行樂，少女們七嘴八舌閒聊起來。

然而，這究竟能帶來怎樣的精神鍛鍊呢？

那就是——

「汪嗚，好睏……」

「哎呀，不可以喲。不可以睡著。」

「對啊！因為這也是修行。」

「喂喂，跟克露米亞沒關係吧？讓她睡啦。」

「唔，這麼說也對。」

「不，雖說是這樣，但也有點……」

在歌曲的間隔與廣告時，陸續有人開始昏昏欲睡了。

克露米亞和小金早就倒頭睡了起來。

埃爾也在一旁打盹點頭，艾露緹和法蘭莎則稍微有點難受。

因為暖爐太舒適了。鑽進暖爐看電視——不，欣賞影像水晶這個行為太舒適了！

人類即使可以忍受疼痛，卻無法抗衡舒適。

全員遲早都會倒下，沉沉睡到早上吧。

（哼哼哼……）

計策相當完美。

「鑽進暖爐桌裡看紅白歌唱大賽，持續不睡迎接早晨」。

將其哄騙成精神上的鍛鍊，過程實在很順利。

暖爐用的【加熱】魔法道具還有庫存。錄影了動畫、電影、連續劇的影像水晶，也還有數十小時長的分量。

這都是他以前想要用ＶＲ跨年，在遊戲內所準備的替代品。沒想到會在異世界裡以這種形式派上用場——

多虧如此，可謂天下太平。

他胡亂想出來的策略，可說是效果出奇。

「……啊，木柴。」

以鍛鍊之名，實際上讓來客陷入沉睡的作戰。

途中，優米爾喃喃低語說暖爐燃燒用的柴薪快要不夠了。

「嗯？那我去吧。我也正好想去一趟廁所。」

貴大難得自告奮勇。

看來是和平的氛圍使他也感到舒適吧。

貴大已經站離座位，準備離開起居室了。

「……我不能勞煩主人。」

「沒關係啦，沒關係。平常都是妳去對吧？偶爾讓我來吧。」

這麼說道，貴大移動到事務所，走進倉庫裡頭。

「…………」

他離開後，少女們依舊觀賞著紅白歌唱大賽。

沒有發生什麼問題。「自由人生」極其和平。

然而——一顆石頭投入其中，引起了波紋。

「那個……我一直很在意，大家和貴大是怎麼樣的關係呢……？」

為何會聚集到這樣的成員，薰直到現在仍不明所以。

有過面識的艾露緹和克露米亞在場的理由還能明白，為何貴族與學者也在這裡，她無法理解。

她們究竟何貴大有著何種關聯呢？

對貴大感到在意的薰，實在無法閉口不問。

「哎呀，我還沒有提起原因呢。我是在『格蘭菲利亞王立學園』向老師請教的學生。」

「『格蘭菲利亞王立學園』！」

聽聞此的薰忍不住大叫。

他知道貴大在學園工作，也聽過他講出相關的抱怨。

但是，沒想到，竟然是那個「格蘭菲利亞王立學園」！

（是最頂尖的學校啊……！）

聽說是學園，她一直以為是中級區的「米爾波瓦學園」。

對薰而言，此番發言簡直是晴天霹靂。不過，驚訝還沒到此結束，接下來的言論更是讓她仰天震撼。

「我是王立圖書館所屬的研究員。和貴大是在工作上認識的。在那之後，就和他保持良好關係。」

撥起盪出弧度的黑髮，埃爾瞇起精靈特有的豔麗眼眸笑著。

她竟然是王立圖書館的學者！

不，更甚這點，是她性感的舉止。

她的言行，讓薰忍不住思考到不好的方向。

「良好關係……埃、埃爾小姐是……貴大的……女朋友嗎……？」

那才是她最在意的地方。

如果她是貴大的女友，自己根本無法匹敵。

奇怪的緊張感使聲音發抖，薰唯唯諾諾地發問——

做出回答的卻不是對談的她們兩人，而是艾露緹。

「哈哈哈！妳在說什麼啊。貴大那傢伙怎麼可能會有什麼戀人！那傢伙沒有和任何人交

往。仍舊單身啦。」

薰鬆了口氣。

但是——

「妳在說什麼呀。貴大可是喜歡我喔。」

「「「咦咦咦咦咦咦咦！」」」

此話讓全場人員都為之震驚。

該不會，他和埃爾在交往？

那個貴大？為什麼？埃爾向驚訝的少女們訴說。

「呵呵呵，沒什麼，這很簡單啊。明明沒有拜託他，但他過來圖書館時總是會帶著美味的食物。其他還有打掃或洗衣服，會各方面照顧我啊。如果不是喜歡的對象，不會這麼勤快地照顧人吧？這正是他喜歡我的最明確的證據。真沒想到我會遇上如此熱烈的追求……哎呀哎呀，真是沒轍。」

除了埃爾以外的全員差點跌倒。

那不是喜歡而是憐憫。想必全是因為埃爾太邋遢了，連貴大也無法袖手旁觀，該怎麼解釋這個真相才好呢——

艾露緹一面加入吐嘈，發出聲音。

「那跟餵食貓狗是一樣的啦！這樣相比，我明顯多了！要說為什麼，他可是賭上性命救了我啊！」

怎麼樣啊！艾露緹挺起胸膛。

然而，當中有人笑著應付。

「真是的，喔呵呵……老師很溫柔，想必不會厭惡照顧他人三餐和救助他人性命吧。但是，和老師締結無法斬斷的緣分的人可是我。即使放入眼中也不嫌疼的可愛弟子，法蘭莎・德・費爾迪南！」

對貴大而言，不如說在學園以外盡可能不想讓這個人出現在眼中才對。

然而貴族大人卻高高抬起鼻子主張。

「我、我偶爾也會在早上叫他起來，做飯給他吃啊！」

接下來是庶民代表的羅克亞德小姐。

搭順風車的狗狗也報上自己的名來。

「汪汪！汪嗚汪！」

少女們熱切地妳一言我一語，聒噪騷動起來。

自我主張白熱化的她們都宣稱自己才是貴大的心上人，沒打算退讓。而在這股暴風雨之中——

上述的貴大抱著柴薪回來了。

「喂，妳們，半夜吵吵鬧鬧的會打擾到鄰居喔。」

他的聲音正好讓少女們停止動作。

「「「「…………」」」」

望向貴大後，又相互對視彼此的臉。

她們的目光一齊表示，只要詢問本人不就好了嗎？

艾露緹抬起下顎示意要引起紛爭的那個人出面解決。另外兩個人，也以大而緩慢的幅度點點頭。

一開始提出的確實是自己。

想起這件事的薰，已經無法回頭了。

況且，她自己也想知道在意對象的想法。被這種心情推動，臉蛋紅成一片的薰向前踏出一步，戒慎恐懼地向貴大發問。

「那、那個！貴大。在我們之中，貴大最喜歡誰……？」

篤定對方絕對會選擇自己的自信滿滿之人。

或許會選擇自己也不一定的興奮期待之人。

面向這些少女們——他毫不躊躇地開口發話。

「啊？在這當中最喜歡的孩子？那當然是克露米亞啊。」

「「「什麼？」」」

一群人因為這番話而僵住。

「貴大！」

只有克露米亞極為欣喜地抱緊他。

「哎呀，因為，克露米亞可是我重要的療癒存在喔！帶來工作和問題的傢伙們根本無法和她比較。對吧～克露米亞？」

「汪汪！汪汪！」

貴大說著，開始摸摸克露米亞和小金。

狗狗們極為開心地接受撫摸，舔拭他的臉頰。

兩個人和一隻狗就這樣將其他女性們放在一旁，開始嬉鬧恩愛起來。

少女們則用著空虛的眼神凝視這光景——

（輸給了未滿十歲的狗狗。）

這個事實狠狠傷害了她們的自尊心。

「你這個蘿莉控混蛋！」

「咦？不對，你是喜歡我的吧？」

「沒、沒什麼，這種興趣在貴族之間也不算稀奇，喔呵呵。」

「……原來您喜歡狗耳朵嗎？」

「怎麼這樣——！」

暴動之人、困惑之人、動搖之人、嘆息之人。

原以為艾露緹情緒激昂，她身邊的埃爾卻開始心神不安地徬徨，法蘭莎握著茶杯的手開始震動發抖，優米爾則換上狗狗服裝登場。

最後加上薰的嘆息聲——

萬事通「自由人生」的混亂，此時無疑達到了最高峰。

尾聲

荒唐到極點的除夕。

喧鬧且兵荒馬亂的跨年。

由少女們的戀愛話題開始的騷動持續到接近天亮時刻——

結果，現在已經接近中午了。看著磨磨蹭蹭起床，然後直接鑽進暖爐桌裡的少女們，貴大感到頭疼。

「喂，妳們，要去新年參拜嘍！」

他至少想實施這項預定計畫。

「新年參拜？那是什麼啊。」

比想像中還熱絡，真是太好了。

對沒聽聞過的單字產生反應，少女們抬起臉。

「就是新年的彌撒的意思。在日本叫做新年參拜。」

「喔喔，原來是指彌撒啊。真看不出來你這麼虔誠呢。」

「不不，真是令人敬佩。祈求安全，將一年的抱負期許向神明報告，對有教養的人而言理所當然。」

「啊？為什麼要看著我說啊。」

「汪汪！」

「呀，不要拉我啦，小克！我馬上就準備好了！」

各自彰顯出反應的少女們，貴大再度催促她們快點從暖爐桌裡出來。

「沒錯沒錯，做好準備吧。埃爾，妳也是。」

「我不用啦。我就在這裡閱讀《藝術維基》。才不想在這種寒冷天氣外出呢。貴大也留在家喔哇啊啊妳在做什麼住手啦——！」

「汪汪！」

完全呈現外出心情的克露米亞，把埃爾從暖爐桌裡拖出來。

法蘭莎與艾露緹也隨之站起來，守候在一旁的優米爾將大衣一一遞給她們。

確認完畢的貴大，自己也披上厚厚刷毛的夾克，率先走出家門。

「嗚～好冷！」

雖說是白天，一月的格蘭菲利亞仍然非常寒冷。

貴大揪住夾克的衣領，身體顫顫地發著抖。

不過少女們依舊精神飽滿，踏出「自由人生」的玄關後，比貴大還快地走向教會。

「等等，艾露緹小姐。衣領歪掉了喲。」

「啊？沒差啦，這點程度而已。」

「汪嗚汪嗚汪嗚——！」

「等、等一下！冷靜下來啦～！」

法蘭莎和艾露緹稍微鬥嘴地走在前頭。接著是克露米亞拖著薰而去。邊走邊閱讀 @wiki的埃爾一下晃到那裡，一下晃回這裡，看似不可靠，不過看來沒有脫隊。

貴大走在後方，看著這副光景。

（真是的，真虧這群人能聚集在一起。）

他如此心想，摸摸身邊的優米爾的頭。

（明明去年只有和她兩個人而已啊。）

在這之後過了一年了啊。他深感時間飛逝之快。

優米爾將針織帽的位置調整好，抬頭望向貴大。

「……感覺今年也會是個好年呢，主人。」

「怎麼說呢……或許是吧。」

簡短回答，和優米爾牽著手的貴大，邁步走向少女們在前方等待著他們的道路。

堆積的白雪尚未融化，天空零零星星降下了雪。
海風也接著開始吹拂，寒冷幾乎要凍透了身體深處。
即使如此，貴大的心靈卻不可思議地感到溫暖。

後記

感謝各位閱讀第二集。

橫跨晚秋到新年的《自由人生》，各位覺得如何呢？

雖說沒有新篇章，但本次也致力於加筆修正。閱讀網路版的讀者，或許也會有「咦？感覺變了很多？」的感覺吧？重製版變得更容易閱讀，並且更有趣了，希望各位可以好好享受。

關於第二集的內容，女主角們終於大集合了呢！

圍在暖爐桌裡彼此面對面。大家一起吃除夕蕎麥麵，談論貴大的事情，並且因為戀愛話題而氣氛高漲。

《自由人生》雖然是以女主角們的個別篇章為賣點之一，但多少也會有像這樣的全員集合章節，喜歡女主角們之間互動的讀者，務必敬請期待。

說到這，第二集的話題先告一段落……

其實《自由人生》，決定要漫畫化了！

竟然，會在《月刊少年 Ace》連載的樣子。本書發售時，不知道漫畫家的名字是否也公

開了呢？總而言之，我從現在就開始期待了！

那麼，雖然來到篇尾了，以下是對各位相關人員的謝辭。

責任編輯O，這次也受您照顧了。您所謂的「這裡是值得一看的精采場面」等提案，幫了我大忙。如果只有我的話會太偏向日常生活的劇情，包括服務粉絲的場景，今後也麻煩您建言了。

插畫家かにビーム老師，本次也非常感謝您繪製的優美插畫。隨著季節與服裝的變化，女主角也展現出新的魅力了呢。冬天卻溫暖的氛圍，我想讀者們應該也能感受到。

其他像是裝訂和製作、校正，與本書出版程序有關的所有人士們，都在此獻上感謝。以及最重要的是，閱讀本書的各位讀者們，真的非常感謝。

那麼我們第三集再見吧。下次見了。

気がつけば毛玉

©Yuumikan, Koin 2017 / KADOKAWA CORPORATION

怕痛的我，把防禦力點滿就對了 1~2 待續

Kadokawa Fantastic Novels

作者：夕蜜柑　插畫：狐印

最強初學者這回成了「浮游要塞」？
七天造就最硬傳說，即刻開幕！

新手梅普露在第一場活動中成為明星玩家之列，號稱「最硬新手」。這次她以稀有裝備為目標，要和夥伴莎莉參加第二場尋寶活動！打倒玩家殺手，輕鬆碾壓設定為打不死的首領級怪物，加上稀有技能惡魔合體後，梅普露終於成為「浮游要塞」？

各 **NT$200~220/HK$60~75**

©Koneko Hoshitsuki 2016 / KADOKAWA CORPORATION
Illustration:Fuumi

LV999的村民 1~3 待續

Kadokawa Fantastic Novels

作者：星月子猫　插畫：ふーみ

眾人追隨三年未歸的鏡腳步出發到「下個舞台」，
故事舞台來到嶄新的世界——「厄斯」！

鏡不在的日子，漸漸地改變了大家，夥伴們一個又接著一個地離去。儘管如此，艾莉絲仍相信約定，繼續等著。然而截止日期無情地逼近，這個世界僅存的時間只剩一年半。大衛提出防止「世界重置」發生的對策——就是跟著鏡的腳步前往「下個舞台」！

各 **NT$260~280/HK$78~85**

©Sakuma Sasaki 2017 / KADOKAWA CORPORATION

打倒女神勇者的下流手段 1 待續

Kadokawa Fantastic Novels

作者：笹木さくま　插畫：遠坂あさぎ

受女神祝福的勇者遇上天敵——
竟然是人類史上最大的背叛者!?

「想辦法擺平那些勇者！」外山真一受到為了女兒而來到人界追求美食的魔王如此請求。儘管魔王不想侵略人類世界，殺掉也會復活的勇者們卻每天來襲。反正難得來到異世界，於是真一允諾擊退勇者，策略卻都是連魔族也會嚇一跳的陰招——！

NT$220/HK$75

©Ryuto,Rein Kuwashima 2017

29歲單身漢在異世界
想自由生活卻事與願違!? 1~7 待續

Kadokawa Fantastic Novels

作者：リュート　插畫：桑島黎音

逐漸取回力量的大志，
為了對抗眾神竟打算拉攏其他天神？

獲得一個擬神格後，大志逐漸取回被眾神奪走的力量。雖然沒用神不時化為實體襲擊他（？），終究還是取得其他擬神格徹底復活了！為了回到老婆們身邊，他必須拉攏其他天神成為盟友，以對抗敵對的眾神。29歲單身漢決心挑戰眾多天神所給予的試煉！

各 **NT$180~220/HK$50~68**

國家圖書館出版品預行編目資料

自由人生：異世界萬事通奮鬥記 / 気がつけば毛玉作；響生譯. -- 初版. -- 臺北市：臺灣角川, 2019.03-

冊； 公分

譯自：フリーライフ：異世界何でも屋奮闘記

ISBN 978-957-564-815-2(第1冊：平裝). --

ISBN 978-957-564-996-8(第2冊：平裝)

861.57 108000476

Kadokawa
Fantastic
Novels

自由人生～異世界萬事通奮鬥記～ 2

（原著名：フリーライフ～異世界何でも屋奮闘記～2）

2019年6月26日　初版第1刷發行

作　者：気がつけば毛玉
插　畫：かにビーム
譯　者：響生

發行人：岩崎剛人
總經理：楊淑媄
資深總監：許嘉鴻
總編輯：蔡佩芬
編　輯：黃怡珮
美術設計：胡芳銘
印　務：李明修（主任）、黎宇凡、張凱棋

發行所：台灣角川股份有限公司
地　址：105台北市光復北路11巷44號5樓
電　話：（02）2747-2433
傳　真：（02）2747-2558
網　址：http://www.kadokawa.com.tw
劃撥帳戶：台灣角川股份有限公司
劃撥帳號：19487412
法律顧問：有澤法律事務所
製　版：巨茂科技印刷有限公司
ISBN：978-957-564-996-8

※版權所有，未經許可，不許轉載。
※本書如有破損、裝訂錯誤，請持購買憑證回原購買處或連同憑證寄回出版社更換。

FREE LIFE ISEKAI NANDEMOYA FUNTOKI Volume 2
©2017 Kigatsukeba Kedama, Kani_biimu
First published in Japan in 2017 by KADOKAWA CORPORATION, Tokyo.
Complex Chinese translation rights arranged with KADOKAWA CORPORATION, Tokyo.